Sebastião Wagner de Souza Tavares

ALPHA VI

rumo às estrelas

Não há limites, nem para o universo, nem para o homem...

L·G·E
EDITORA
Brasília, 2003

LGE Editora Ltda.
SIA Trecho 03 Lote 1.760 - Brasília-DF
Tel.: 61 362.0008 - Fax: 61 233.3771
lgeeditora@lgeeditora.com.br
www.lgeeditora.com.br

EDITOR
Antonio Carlos A. Navarro

AUTOR
Sebastião Wagner de Souza Tavares
wagnerst@conectanet.com.br

CAPA/DIAGRAMAÇÃO
Marcus Polo Rocha Duarte

COMPOSIÇÃO E IMPRESSÃO
Quick Printer/DF

DADOS INTERNACIONAIS DE CATALOGAÇÃO NA PUBLICAÇÃO (CIP)

Tavares, Sebastião Wagner de Souza.
Alpha VI – Rumo às Estrelas / Sebastião Wagner de Souza Tavares – Brasília : LGE Editora, 2003.
126 p. ; 21 cm

1. Ficção Científica. I. Tavares, Sebastião Wagner de Souza. II. Título.

CDU 82-3
114
355/359

Visite nosso Site: **www.lgeeditora.com.br**

Sumário

Palavras iniciais

Amizade é coisa séria. Fato sabido.

Só que com eles, essa amizade toma um colorido especial.

De repente, emudecemos. Sem palavras... como? Ora, às vezes torna-se muito difícil dizer a outrem:

– Gostaria muito de poder estar sempre perto de você. Sua presença me faz bem.

Só que a coisa não sai. Se acontece, não é bem como desejamos. Aí vem a frustração: o efeito não é bem aquele e, por aí, vai.

Por alguma razão, não conseguimos externar nossos sentimentos.

Pois bem, essa turma que você vai conhecer, dará uma bela demonstração de amizade sincera, união imbatível, disciplina, tenacidade, espírito de equipe, eficácia e inteligência a serviço de seus semelhantes. À medida que o leitor for navegando, perceberá como funciona o jeitinho deles ao lidar com essas dificuldades.

Fique atento, pois quem sabe o caro leitor já não tenha passado por situação semelhante?

Espelhe-se num dos personagens. Ame. Odeie.

Deixe-se embalar seguindo o luzir dos motores de dobra rasgando o desconhecido e infinito espaço. Mergulhe nesta bonita aventura como se fizesse parte dela. Embale seus sonhos rumo às estrelas. Emocione-se com a sinceridade dos personagens. Junte-se a esses rapazes e garotas sensacionais.

Mas cuidado para não apaixonar-se perdidamente. Este é um risco que não podemos garantir. Talvez você seja um deles. E nem sabe.

O Autor.

Agradecimentos

À Floriza. Esposa, amiga e cúmplice.
Ao meu filho, Fabio.
À mestra Elci, pela primeira revisão.
Aos meus alunos e afilhados, pela inspiração.
Às crianças. Elas são sinceras. Que bom que elas existem.
Que Deus abençoe a todos.

À Diva de Souza Tavares,

minha Mãe

e Nelson Tavares,

meu Pai

sem eles, nada disto estaria aqui...

...tudo começou com uma reverência oriental muito simpática...

Alpha VI

Após a última missão em Andrômeda, está sendo inteiramente reformada.

Constituída de seção comando e seção base. Nesta, localizam-se a engenharia, o laboratório de ciências, a enfermaria, os hangares de lançamento, o sistema de propulsão da nave e todo o suporte à tripulação. No Comando, a ponte e o controle central.

Descrição

Nome: *A C C 1601 ALPHA VI*
Tipo: *astronave intergalática de pesquisas e combate.*
Capacidade: *20.000 toneladas de carga útil*
Peso: *95.000 ton*
Comprimento: *375 m*
Altura: *15 m*
Largura: *150 m*
Tripulação: *420 (1 of Cmt, 1 Imediato, 5 oficiais em funções especiais)*

Computador de bordo

T.I.O.: *(**T**opflight **I**ssue **O**utranger – Superador de Resultados de Alto Desempenho)*

Computador de bordo e de base terrestre. Composto de memória de vácuo-plasma e barramento eletro-óptico com capacidade quase infinita de interações por nanosegundo[1]. Embora máquina, T.I.O. pode simular as emoções humanas devido ao componente NH [2] acoplado ao seu sistema, o que lhe dá inúmeras possibilidades de avaliação do comportamento humano, podendo compreender situações como, por exemplo, de estresse acometido pela tripulação ou sugerir alternativas para a segurança da nave. Pode, também, assumir o controle total da mesma. Toda a sua manutenção é executada por Cherry ou sob sua supervisão.

[1] *Em 1 nanosegundo a luz percorre cerca de 30 cm.*

[2] *Nearly Human*

Tripulação da nave

Comandante

Nome: *Eddie*
Posto: *Capitão*
Sexo: *masculino*
Idade: *confidencial*

Formado pela Academia de Pilotos da Federação Espacial.

Muito respeitado por todos os seus colegas de Academia, bem como por seus superiores.

Foi designado para assumir o comando de Alpha VI por seus méritos e virtudes comprovados.

Muito amigo de W desde os bancos escolares pré-acadêmicos.

É músico e adora clássicos.

Imediato

Nome: *Mr. W*
Posto: *1º Ten*
Sexo: *masculino*
Idade: *confidencial*

Também formado pela mesma Academia. Amigo de Eddie desde a infância, este jovem tenente possui uma incrível habilidade: é dotado de percepção extra-sensorial.

Muitos comandantes de naves estelares há muito já o cobiçavam para primeiro oficial, mas não lograram vencer a obstinação de Eddie, que já havia chegado primeiro, colocando-o no leme de Alpha VI.

Músico e jornalista, de vez em quando faz um trio melódico com Eddie e Sweet, também conhecedores da pauta musical.

Oficial de comunicações e informações

Nome: *Cherry*
Posto: *1° Ten*
Sexo: *feminino*
Idade: *confidencial*

Formada pela Academia de Ciências Espaciais, atualmente é a maior autoridade em computadores da Federação. Possui um veloz raciocínio matemático e lógico.

Exerce, em terra e em Alpha VI, as funções de oficial de comunicações, computadores e é substituta eventual do oficial imediato.

Ninguém, a não ser através de autorização expressa sua, faz a manutenção do computador da Federação.

Sua dedicação chegou a tal ponto de o conhecer mais do que os próprios engenheiros que o construíram.

Muito inteligente e discreta, domina os idiomas Inglês e Japonês. Domina as artes marciais.

Seus conhecimentos são tão impressionantes que está sempre sendo requisitada para assessoria e treinamento por entidades da Federação e fora dela.

Oficial de Engenharia

Nome: *Frank*
Posto: *1º Ten*
Sexo: *masculino*
Idade: *confidencial*

Formado pela Academia de Engenharia Espacial da Federação, possui um relacionamento quase humano com relação à ALPHA VI.

À semelhança de Cherry, domina tão profundamente sua nave que a conhece mais do que aqueles que a idealizaram.

Isso o enche de orgulho e o tornou virtualmente ciumento. Possui um senso de humor bem peculiar.

Médica de bordo

Nome: *Sweet Cherry*
Posto: *1º Ten Médica*
Sexo: *feminino*
Idade: *confidencial*

Formada pela Academia de Medicina Espacial da Federação.

Muito dedicada à profissão. Quando se trata de vidas humanas, estende seus conhecimentos para além das fronteiras da medicina. Não raro é uma disputa para ter, nem que seja por momentos, o toque mágico de suas mãos benfazejas.

Domina fluentemente o Inglês, Francês e Japonês.

Muito carismática, meiga e atenciosa, é alvo constante dos galanteios da rapaziada. Todavia, até agora, a sua dedicação a tem mantido imune às investidas.

Amante da música. De vez em quando, vê-se pega cantarolando, pois adora canções country e Beatles – o oposto de Eddie.

Oficial especialista em microbiologia genética

Nome: *Jackie*
Posto: *1º Ten Médica Microbióloga*
Sexo: *feminino*
Idade: *confidencial*

Formada pela mesma Academia, é extremamente dedicada ao seu trabalho.

É a maior autoridade da Federação no seu ramo.

Possui um curioso apelido de pitanguinha. Talvez seja pela cor de seu batom, ou, quem sabe, Mr. W possa explicar melhor, como autor do mesmo.

De inteligência e reflexos acutíssimos, a Ten Jackie tem sua presença sempre requisitada quando o assunto é o microcosmos.

Esteve próxima da morte por diversas vezes ao lidar com entidades viróticas desconhecidas.

É reconhecida pela Federação por suas pesquisas, conquistas e vitórias nessa área tão peculiar, perigosa e desconhecida.

Por tais feitos, foi agraciada com inúmeras honrarias e comendas de toda a ordem pela quantidade de vidas que tem salvo.

Oficial de Ciências

Nome: *Moon*
Posto: *1º Ten*
Sexo: *feminino*
Idade: *confidencial*

Formada pela Academia de Ciências Espaciais. Doutorada em Astrofísica Quântica e Anti-matéria.

Gosta de escrever poemas nas horas vagas. Domina o Inglês e o Francês.

De uma simpatia à toda prova, vem disputando, ao lado de Sweet, os assobios da rapaziada que não lhe dá sossego.

Com um Q.I. [1] *altíssimo e memória privilegiada, presta serviços à Alpha VI socorrendo Frank quando este se encontra em apuros com sua nave.*

Os seus conhecimentos de Física elementar e quântica assombraram as maiores cabeças do ramo quando desenvolveu o traje B, que será visto mais adiante.

[1] *Quociente de Inteligência*

A chamada inicial

O planeta Terra. Conturbado em sua rotina de sempre.

Faltava dinheiro para as pessoas que trabalhavam ou não eram adequadamente remuneradas.

Os políticos com suas promessas vãs.

O descontrole financeiro e familiar.

Superpopulação.

Os homens deixando cada vez mais de amarem uns aos outros.

Coisas típicas de uma sociedade hipócrita e decadente na Terra do século XXI.

Mas aquela rotina estava para mudar. Drasticamente.

Dentro de sua pequena sala, cercada de pequenos pontos de luz que piscavam de uma maneira displicente e lenta, aquele chá foi, subitamente, interrompido por um som estranho, vindo de um dos transmissores. As luzes, dantes preguiçosas, começaram a cintilar, ritmicamente, como se estivessem sido acometidas de um frenesi.

Cherry interrompeu, de um salto, seu chá e correu para o painel. Era algo diferente de tudo o que já havia visto e ouvido. Era um som característico de uma recepção extraterrena. Era um som do espaço. Os movimentos assíncronos[1] das luzes indicavam algo fora dos padrões.

– O que será isso? – perguntou a si mesma, esforçando-se para arregalar seus pequenos olhos negros.

Imediatamente, pôs-se à frente do T.I.O. para captar a origem e distância da fonte.

– Vamos lá, T.I.O., mostre-me o que você tem aí.

O supercomputador da Federação, companheiro inseparável de Cherry, construído no mesmo mês e dia do seu aniversário, parecia mais um confidente.

T.I.O. emite um zunido diferente. Resmungando, habilita uma de suas janelas e diz através de um minúsculo speaker[2], como uma máquina birrenta:

– fzzz!...
– E então T.I.O., diga-me onde está? – pergunta Cherry, ainda mais intrigada:

A fantástica máquina parece entender a aflição de sua amiga e tranqüiliza:

– ...calma, pequenina flor, já estou quase lá... espere... pronto!... – diz junto a um piscar de luzes.
– Pronto o quê?

[1] *Desordenados*
[2] *Alto-falante*

– ...a posição exata é 2,774 x 10^{16} anos-luz na nebulosa de Issa...

Cherry, que já havia vasculhado a imensidão do frio espacial com seus instrumentos, jamais se deparara com tais índices:

– Meu Deus! E qual a origem da fonte?
– ...desconhecida...
– Mas... em que consiste?
– ...pulsos de fótons de uma composição que eu desconheço...
– Intensidade?
– ...o comprimento de onda é de 0,2 Å [1] intensidade 0,23 G [2]...
– Bem pequeno... Por causa da distância? Enfraqueceu ou manteve-se assim durante toda a trajetória?

T.I.O. continua:

– ...a energia só se dissipou ao entrar em contato com a nossa atmosfera. Fora dela a intensidade é maior...

A oficial aproxima-se mais do monitor, cada vez mais ansiosa:

– Qual a velocidade?
– ...230% da velocidade da luz...

Cherry, lembrando aquele velhinho [3] fazendo caretas e que originou a antiga teoria do espaço-tempo curvo:

---

[1] *Angstrom=10 $^{-7}$ milímetros*
[2] *Gauss(unidade de indução magnética)*
[3] *Albert Einstein*

– Como isso é possível? Sabemos que os fótons são partículas de energia luminosa e que sendo partículas não podem atingir a velocidade da luz. Muito menos acima!

– ...só que você, minha querida, esqueceu-se de um pequeno detalhe...

– Qual?

– ...essa coisa está vindo de fora... é alienígena... quem sabe se as leis da Física que conhecemos são aplicáveis por lá ?...

– Tem razão. O que sugere?

– ...as autoridades deverão ser cientificadas e a Alpha VI deverá estar em condições de ser imediatamente enviada para identificação de sua origem...

– Ok, farei isso! Mas a Alpha VI está no estaleiro em manutenção. Estará pronta a tempo?

– ...já tomei as providências... W e Eddie já estão a bordo testando os novos equipamentos... Moon já deve estar no teleporte... Frank não saiu de lá desde que a nave foi levada para o estaleiro...

Na nave

O intercomunicador da nave chama:

– Aqui é da Alpha VI! – diz o imediato, meio irritado.
– W, é você? Aqui é Cherry! Mensagem urgente!
– O que há, docinho? Não me diga que deu cupim na fábrica de palitos de novo! Se for isso, não se preocupe, eu não estava mesmo a fim de sashimi [1] hoje. Estou de dieta verde!
– Deixe de brincadeiras! T.I.O. captou um pulso de fótons fora dos nossos limites. Não há referências nos B.D. [2]. Nunca analisei nada parecido antes. T.I.O. confirmou que está próximo de Issa 7 [3].
– Issa 7? Mas ninguém esteve lá antes e além do mais não há possibilidades de algo vir de tão longe!

W estava atônito. Estivera bem longe, mas não tanto. Cherry continua:

---

[1] *Comida japonesa feita com peixe cru*
[2] *Banco de Dados*
[3] *Nebulosa fora do nosso sistema solar*

- Tudo foi checado, revisto e confirmado. Eu mesma o fiz. A Federação nos ordenou que partíssemos em 12 horas.

Preocupado com o atraso nos trabalhos com ALPHA VI, W entrou em pane:

- 12? Mas essa coisa não consegue nem rastejar 200 metros!

Cherry, sempre bem informada, tranqüiliza:

- Não se preocupe, Moon já deve estar sendo teleportada para Alpha VI neste exato momento. Informe ao capitão sobre a mensagem. Ah, e não deixe o Frank saber que você a tratou de coisa...
- Ok, darling [1]. Mensagem sendo retransmitida. Espero vê-la em breve – W despede-se no áudio, olhando para os lados para checar a ausência do engenheiro.

Com seu impecável uniforme deep blue [2] da Federação, aquela moça bonita retoma suas formas sob as luzes azuladas do teleporte. Formada pela Academia de Ciências Espaciais, Moon foi graduada em 1° lugar entre mais de 35 formandos. Atualmente serve nos laboratórios de eletro-propulsão magnética em IO [3] e veio atender a um pedido de socorro enviado por T.I.O.

- Permissão para vir a bordo! – Solicita com postura marcial.

O oficial de teleporte a postos em frente ao painel abre um sorriso que parecia há muito tempo enferrujado:

---

[1] *Querida*
[2] *Azul profundo, escuro*
[3] *Uma das luas de Júpiter*

– Ten Moon! Que saudades! Permissão concedida!
A bela tenente dá alguns passos:

– Onde está W? – inquire com um sorriso.

O oficial, recuperado, responde:

– No intercom [1] com a Cherry. Parece coisa séria. Ainda não sei do que se trata. Haverá reunião daqui a 10 minutos na sala de reunião do Comando.

Moon dirige-se rapidamente à ponte onde vislumbra aquelas bochechas rosadas de W que um dia quase causaram uma briga terrível.

– Só porque queria dar um apertãozinho nelas? – Pensou a oficial de ciências, pousando a mão esquerda sobre os ombros do piloto:
– Oi, W! Tudo bem? Imagino que esteja falando com Cherry! Ela sempre sabe das coisas antes de todo mundo. Vive disputando espaço com o T.I.O. e nunca se sabe quem vence.

A grande máquina, percebendo uma pontinha de ciúme por parte de sua amiga, desenha um olho em seu monitor que dá uma solene piscadela no intuito de chamar-lhe a atenção. Somente o imediato vê, pois, estando de costas, Moon não se dá conta do virtual flerte [2].

Pensando tratar-se de algum dispositivo de tela, W não ligou, pois achou que deveria ser mais uma rotina criada por Cherry.

Um pouco surpreso pela rapidez com que Moon aparecera, W dispara:

---

[1] *Intercomunicador da nave*
[2] *Paquera*

- Ora vejam só! Para quem declarou uma vez que não queria mais saber de espaço, mudou muito rapidamente de idéia, não *darling*? Não esperava poder vê-la tão cedo. Aliás, continua exuberante... Ah, e pode esquecer esses dedinhos sequiosos das minhas bochechas que eu já descobri uma maneira de evitar que sejam molestadas!

W se referia a uma antiga brincadeira em que Moon agarrava-lhe as bochechas como se fosse levá-las para casa. Ele odiava tal coisa.

- Como? Revela-se Moon, curiosa.
- Devolvo o beliscão com outro bem nesse sinalzinho[1] aí, tá?

Conformada com a situação e, ao mesmo tempo, preocupada com o que estava por vir, cede:

- Tá bom, obrigada pelo elogio! Eu não vim brigar com você. Estava com saudades. Só isso. Suas lindas e rosadinhas bochechinhas estão a salvo. Pelo menos por enquanto...
- Espero que sim. Estamos a 11 h e 58 min de zarparmos e não consigo equacionar a perda de energia na cápsula de anti-matéria[2], o que nos impede de tomar até um cafezinho. Só você pode nos tirar dessa... que tal?
- Ok, estarei na engenharia. O Frankinho está lá?
- Sim, se bem conheço você, nem pense em chegar perto do pescoço dele. Ele anda muito irritado ultimamente. O último a pensar nisso foi para a enfermaria e ficou três dias nas mãos da Sweet... pelo menos em muito boas mãos...

---

[1] *A tenente possui dois sinaizinhos no rosto, à esquerda*
[2] *Principal sistema de propulsão de Alpha VI*

Frank. Um gênio da engenharia. Tinha um pescoço tão fino que era impossível resistir à tentação de dar uma pegadinha. Só que ele não gostava nem um pouco. Ainda mais agora com a iminência da partida e a responsabilidade de manutenir [1] uma nave como a ALPHA VI.

Ele estava a ponto de arrancar os fios de cabelos de sua cabeça.

A única pessoa no mundo que poderia dar-lhe a paz de que tanto precisava estava a caminho:

– Alô, jovem! Com saudades de mim? – disse Moon, surgindo, de repente, por trás de um grande painel cheio de fios coloridos e emaranhados.

Pego de surpresa, Frank quase gelou:

– Amor da minha vida! Por que demorou tanto?

O abraço parecia não ter mais fim.

– T.I.O. mandou-me aqui para dar um jeito nessa belezura. Vamos lá! – falou entusiasmada pegando um estranho aparelho parecido com uma calculadora.

– O que acha? – suspira o engenheiro.

– Você já verificou os vetores de empuxo e os sincronizadores de anti-matéria? Se não estiverem em paridade total, não adianta nem substituir a nave por outra nova!

Visivelmente cansado pelas noites sem dormir, Frank vê sua vida renascer pela solução mágica que não lhe tinha passado pela cabeça. Era tão simples como

[1] *Prover, fazer a manutenção*

verificar se tem gasolina antes de desmontar o carro. Até mesmo um engenheiro do seu nível não está livre de situações como essa.

- Eu te amo! Eu te amo! Você salvou a minha vida, querida, linda, maravilhosa! – dizia, ao mesmo tempo em que a beijava ternamente no rosto, pulando de alegria como uma criança.

Foram feitos os cálculos e implementados os novos vetores alinhados. Teste realizado. Bingo! Moon estava absolutamente certa. Era o que faltava para o apronto final. Após o teste inicial dos propulsores, a bela tenente virou-se para Frank:

- E agora, querido, posso pegar no seu pescocinho, não?
- Neres de pitibiriba! [1] – fuzilou Frank. Sabia que aí vinha coisa!... Não se aproxime. Adoro você, mas nada de pescoço, tá?...
- Tá bom! – suspira Moon – mas não se irrite. Vou ter que me apresentar à ponte. Eu vim direto para cá e não falei com Eddie. Ele deve estar uma fera...

Frank, muito chegado ao comandante, tranquiliza:

- Não se preocupe, vou entrar em contato com Eddie. Sei como lidar com o bicho...
- Oh, você faria isso por mim?
- Claro, e vou dizer que fui eu quem a chamou primeiro. Assim a frustração dele cai pela metade.

Moon, a princípio animada, faz beicinho:

[1] *Nada disso!*

– Metade? por que só pela metade?
– Sabe, comandante é assim mesmo: nunca usa toda a carga. Deixa sempre um pouquinho para depois.

Resignada ao seu destino, Moon retira-se, rapidamente, pensativa:

– Um pouquinho... Bem, lá vou eu...

Eddie aguardava: ora nervoso, ora calmo. Moon aproxima-se cautelosamente e apresenta-se de forma impecável e marcial. Eddie sorri francamente, rendendo-se aos encantos de sua subordinada. Parece que Frank conseguira seu intento.

– E aí, menina, tudo em cima? Podemos partir? – diz o comandante risonho.

Moon retoma a confiança e responde:

– Só mais o teste de retorno iônico do teleporte e tudo estará completo – diz convicta.

Eddie liga para a engenharia.

– Ok! Engenharia! Frank?
– Sim, Capitão?
– Pronto para o teste?
– Aguardando ordem para contagem.
– Iniciar contagem – diz Eddie.
– 6... 5... 4... 3... 2...

De repente, uma luz vermelha começa a piscar nervosamente junto a um zumbido estridente enquanto uma voz metálica irrompe pelo sistema interno da nave. T.I.O. avisava que alguma coisa estava errada:

– ...falha... falha... falha... falha no sinal do teleporte... – a voz metálica de T.I.O. ecoava, aterrorizante, pelos alto-falantes internos da nave.

Na sala de transportes, Frank solicitava, desesperado, junto ao intercom, a presença do comandante da nave:

– Capitão! Capitão! Queira comparecer imediatamente à sala de transportes! Estamos tendo um problema no teleporte!

Eddie e Moon dirigem-se velozmente ao local:

– De que se trata? – pergunta Eddie.
– Algo começou a formar-se no halo interno e não se consolida! Acreditamos que seja da tripulação, mas não temos informação de quem seja, pois não há sinal de registro de um dos nossos!
– Como assim, não tem informação? Reforce o sinal!

A forma tornava-se cada vez mais difusa, auxiliada por um barulho terrível e estranho. Parecia que estava se esvaindo. Eddie assume um dos controles do painel. Nada parecia dar certo.

– Vamos! Não podemos perdê-la! – dizia Eddie.
– Perdê-la? Ela quem? – questiona Moon.

Eddie procede a um rápido flashback [1] em sua memória e treme ao se lembrar:

– Cherry! Só pode ser ela! Meus Deus, ela me disse que sua unidade de força estava com problemas ao receber a ordem de se apresentar e não deve ter tido tempo de ajustá-la!...

[1] *Retorno*

– E então, Comandante?... – pergunta Moon.
– Disse-lhe que não se preocupasse, pois o sistema de teleporte já estaria pronto quando viesse a bordo. Não esperava que se desse justamente na hora do teste iônico.

Sem perda de tempo, Moon corre para um pequeno display onde se localizava o controle manual de retorno iônico. Precisava reforçar a matéria viva para que Cherry pudesse tomar forma sem qualquer dano.

– Vamos, menina, não vou perdê-la! Não agora, pois precisamos de você. Não faça isso comigo! Prometo que faço chá para você todos os dias com ritual oriental e tudo, juro que prometo!

Os delicados, mas firmes, dedos de Moon se movem com rara habilidade pelos botões digitais coloridos do painel, tentando fortalecer a recuperação da imagem holográfica que deveria transformar-se em Cherry.

Haveria tempo suficiente? Cada segundo era uma eternidade. Cherry poderia perder-se para sempre no espaço. Moon colocava toda a sua experiência na recuperação da amiga.

– Moon? – uma voz quase indecifrável tenta se expressar.
– ...

Não há resposta, só silêncio.

Moon continua. Sua fronte deixa rolar algumas gotas de suor.

– Moon? – repete Eddie completamente tenso e lívido.

Outro zumbido, mas desta vez não tão preocupante. Era um ruído familiar denotando que o transporte conseguira estabilizar-se. Uma imagem vai tornando-se mais nítida e consistente no centro do halo. Moon, exausta, não desiste dos instrumentos:

– Mais um pouquinho, menina, só mais um pouquinho... – falava consigo mesma mal conseguindo respirar.

A figura da japonesinha vai, finalmente, tomando forma até que:

– Ei, o que há com essa coisa? Quase que me senti só naquele espaço frio e imenso!... – resmunga Cherry sem se dar conta do que realmente tinha acontecido.

Dá alguns passos descendo pela borda do transporte e caminhando em direção aos oficiais.

– Permissão para vir a bordo! – dirige-se a Eddie numa reverência oriental, típica de sua personalidade.

Ouve-se em uníssono:

– Cherry! – gritavam todos dando pulos de alegria. Os membros da tripulação ali presentes não sabiam qual das duas abraçariam primeiro de tanta felicidade.

Moon estava um pouco afastada, junto ao painel do teleporte.

Dava para perceber uma lágrima brilhante, descendo pelo lado direito de seu rosto.

– Ei, que alegria é essa? Parece que não me vêem há meses! – surpreende-se Cherry.

Depois de reparar que as luzes do teleporte indicavam modo manual de operação, um silêncio assumiu-lhe o ser. Olhou para Moon ainda no controle manual e só aí percebeu que sua vida estivera, por alguns momentos, dependendo daquelas abençoadas mãos.

– Moon?... Foi você que me tirou dessa, não foi?
– É... quase a perdemos. Sua unidade de rastreamento apresentava problemas. A célula de força estava defasada e não suportou a intensidade do raio do teleporte. Coincidiu com o teste de retorno iônico. Pedi a T.I.O. que me passasse o controle manual para eu poder ajustar o comprimento de onda do seu DNA com o que ele tinha armazenado em seus B.D. Daí foi só sincronizar e, pronto, você continua nossa! Foi por pouco...

Cherry, estava estática.
Mal conseguia respirar.
Mordeu os lábios e um arrepio percorreu-lhe a espinha. A esta hora – pensou – se não fosse por Moon, estaria vagando pelo espaço sob a forma de bilhões de partículas desintegradas.
Esforçando-se para não perder a postura que sempre a caracterizou, fita Moon. Olhos marejados:

– Moon... – sussurra quase sem voz – agora sei por que razão você foi escolhida para esta missão. Eu estou honrada. Depois dessa, o mínimo que eu poderia oferecer-lhe era um chazinho bem ao estilo de Okinawa. Mas você detesta chá, não é mesmo?

– suspira Cherry, tentando esboçar um humor quase meio sem jeito.

Moon, engolindo em seco ao mesmo tempo que tenta enxugar a testa molhada de suor com as costas da mão direita, também tenta descontrair:

– Está brincando? Acabei de prometer a mim mesma que se tirasse você desse sufoco eu seria a maior adepta no ritual do chá e pessoalmente iria servi-lo a você às 5 horas. Com todas as honras... Puxa! Você me assustou, garota – desabafa Moon – por um momento, cheguei a pensar que jamais voltaria a vê-la.

Ambas correram ao encontro uma da outra. Abraçaram-se. Moon abraçou a japonesinha com um carinho de irmã. Cherry, enxugando as lágrimas, olha fundo nos olhos negros de Moon e denuncia seu lado espirituoso:

– Então, sua lunática, vou cobrar, hem? – disse com voz embargada, segurando, carinhosamente, as mãos de sua salvadora.

Aquela cena envolvera em magia o ambiente e os oficiais na sala de transportes. Fazia algum tempo que não experimentavam um toque mágico em seus egos. Aquilo que acabavam de presenciar era forte, puro. Uma constatação dos fortes laços que as uniam. Uma magnífica demonstração de sincera união, fé inabalável e amizade, atributos indispensáveis a todos naquela nave.

O comandante da nave estava em estado de graça:

– Belo trabalho, Ten Moon, que Deus a abençoe – diz Eddie, não se contendo de alegria.
– Amém e obrigada, Capitão – retribui a bela oficial com um sorriso.

Trazendo todos de volta à realidade, Eddie lembrou:

– Temos um trabalho pela frente!...

Já a postos, em frente ao seu painel de instrumentos, Cherry digitava algo nos teclados de T.I.O. A proximidade da grande máquina a deixava calma. Parecia uma simbiose [1] perfeita.

– Cherry? – Eddie dirige-se à oficial de comunicações.
– Sim, Capitão?

Faltava alguém e Eddie não conseguia esconder sua ansiedade.

– Cadê a Jackie? Desde que foi chamada à Estação 9, não tivemos mais notícias.

Cherry checou rapidamente os registros do pessoal da tripulação nos últimos dois meses.

– Aqui está: epidemia de febre siluriana em crianças do sexo feminino em fase de análise de DNA. Jackie descobriu que as crianças do sexo feminino possuíam uma vulnerabilidade atípica num gene que estava mascarado pelo mesmo gene do hormônio feminino. Foi só isolá-lo e mesclá-lo num mesmo gene. Daí para frente, era só esperar a puber-

[1] *Associação entre dois seres vivos*

dade que a natureza se encarregaria de arrumar as coisas.

– Puxa! Como a danada conseguiu descobrir isso? – Arregala-se Eddie.
– Simples. Ela diz aqui que nada melhor que a própria natureza feminina para achar o melhor caminho.
– Natureza feminina? – desdenha Eddie.
– É! – Orgulha-se Cherry. Eddie se rende.
– Tá bom, tá bom, vocês venceram, batatas fritas...

Eddie referia-se a uma antiga canção de um grupo de *rock'n'roll*. Cherry mirou o comandante com um semblante [1] meio sem jeito.

– Hã... senhor?... – vira-se Cherry sem entender nadinha.
– Deixa pra lá. Por favor, entre em contato com ela imediatamente. Preciso dela aqui o quanto antes.
– Afirmativo. Estação 9, Estação 9, responda...

[1] *Ar, fisionomia, aspecto*

Estação 9

Uma das mais completas instalações para pesquisas genéticas. Foi construída por necessidade da Federação em combater as endemias que pareciam ter sua origem à medida que a distância entre a Terra e o Sol aumentava.

Vários especialistas foram convocados para solucionar a questão e nenhum fora considerado apto a tal odisséia [1].

Por ter sido condecorada com a medalha do Mérito da Ordem Médica da Federação pela erradicação da síndrome de Lawson em Gora 2 antes que o vírus dizimasse a todos, a estação passou a ser comandada por Jackie, em decisão unânime do Comando da Federação.

Continuando sua explanação, Cherry, com sua tela à frente, prossegue:

– ...designada como médica chefe de todo o corpo médico espacial da Federação, recebeu o controle

[1] *Série de complicações ou ocorrências singulares, variadas e inesperadas*

da Estação 9 como a mais alta comissão jamais confiada a um só médico, ou melhor, médica. Jackie é, realmente, o que de melhor nós temos. E é nossa agora, graças a Deus! – rejubila-se Cherry.

Ouve-se uma voz em um dos alto-falantes:

– Cherry, é você? – Ecoa aquela vozinha meio rouca de Jackie.
– Pitanguinha, que bom ouvir a sua voz! Muito trabalho por aí?

O diálogo prossegue no intercom:

– Nem imagina! O GH-7S me deu um trabalhão.

Jackie referia-se a um perigoso vírus mutante que, por pouco, não acarretou uma epidemia devastadora e mortal nos planetas adjacentes do sistema solar.

Jackie continua seu relato a Cherry:

– Tive que agregá-lo em grupos de três e não como todos tentavam antes: isolá-lo. O maldito, em vez de enfraquecer, emitia um pulso protéico que comandava o centro de controle deles. O centro mandava dois outros vírus para se agregarem ao vírus isolado e, assim, ganhavam mais energia.

Cherry esforçava-se para entender.

– Mas se ganhavam energia sendo três, como é que você conseguiu dominá-lo? Não se tornavam bem mais mortais?
– Aí é que residia o x da questão. Lembra-se das moléculas trímeras da água? Elas se grupam aos 4° Celsius tornando-se mais densas. Por isso rompem os recipientes se não tiverem como se expandir.

– E o que tem a ver com os vírus?

– Pois é. Quando os vírus agrupavam-se naturalmente, isto é, sem que os isolássemos, eles agiam como se fossem um só. Eles precisavam de outros dois. Você não podia isolá-los. Eles viriam com muito mais força, entende?

Cherry toma fôlego e suspira:

– Acho que sim... ufa!... e aí?

– Aí, isolando os três juntos, criei uma cápsula de proteína com polaridade invertida que criava uma interferência entre o vírus e sua central de controle. Simples. Com isso a central virótica recebia impulsos trocados. Após descobrir a freqüência desses impulsos, comecei a equipar as cápsulas com a mesma freqüência dos nossos linfócitos T. Assim a central, imaginando tratar-se de anticorpos humanos, começou a atacar os próprios vírus como se fossem vítimas. O feitiço virou contra o feiticeiro!

– Mas se os nossos anticorpos estavam com a mesma freqüência, como é que a central virótica não os atacava? – deduziu Cherry.

– Por duas razões: uma que a central estava por demais ocupada em combater os próprios vírus e a segunda, porque os vírus estavam encapsulados e não tinham como agir, lembrou-se?

A japonesinha encanta-se:

– Puxa... você é a maior... quando é que chega?

– Não chego.

A última nave de suprimentos da Federação havia passado pela Estação 9 há três meses. Outra só daqui a seis dias. Estavam isolados. Jackie havia perdido três dos melhores assistentes: Danny, Tina e Oak. Foram vencidos pelos vírus. Estava dedicando essa vitória a eles. Jackie continua:

- Vocês podem me pegar ao passar por aqui. Afinal, não é muito longe, não é?
- Apenas alguns anos-luz... – suspira Cherry, – ok, vou informar ao capitão. Ele mandou um recado...
- Qual é?
- Ele diz que não queria vê-la de novo com aquele *pony-tail*[1]. Diz que não vai resistir e vai dar uma puxadinha...
- Tá certo. Diz a ele que vou desobedecer só um pouquinho. Afinal faz alguns meses que estamos longe um do outro. Deve estar sentindo falta das nossas rusgas carinhosas. Beijos, querida, estou aguardando a liberação da Federação para juntar-me a vocês após passar o comando da estação.

Cherry adianta-se:

- T.I.O. já providenciou tudo. O comando será do Smile. Ele é muito competente. A sua autorização já está em mãos de Eddie. Só falta mesmo a sua presença em carne e osso.
- O T.I.O. é mesmo infalível, não? E vocês dois? Parecem uma dupla perfeita! Feitos um para o outro... – brinca Jackie.
- Nisso você tem razão. O T.I.O. é o amigo certo das horas incertas... câmbio final! – despede-se Cherry com um sorriso.

Enquanto isso, W ultimava os preparativos para a reunião.

[1] *Rabo-de-cavalo*

– Atenção! Sr. Capitão na sala!

Eddie adentra apressadamente e inicia seu breve relato.

– Estamos em A.D.E.T. 2 [1] por determinação da Federação. Recebemos ordem para identificar o que T.I.O. tem para nos mostrar.

Dirigindo-se à oficial de comunicações:

– Cherry, por favor, ligar monitor.

Acionando um pequeno sensor alaranjado em sua unidade portátil de controle de T.I.O., Cherry faz que uma imensa tela transparente surja do assoalho metálico. Os alto-falantes da sala transmitem a voz de T.I.O.:

– ...há poucas horas contatei um pulso intermitente de fótons provindo do espaço exterior... fora dos limites de nossa galáxia... tal emissão está causando uma série de sintomas nos tripulantes da Estação 17 a qual está a 22,4 anos-luz de Plutão... tenho razões para crer que tal emissão é a causadora de tais sintomas... a Federação, após consulta em meus B.D., decidiu que ALPHA VI é a única nave em condições de cumprir esta missão... designou todos vocês aqui presentes para comporem a melhor equipe de que dispusermos... e esta equipe aqui está... A missão é, portanto, interceptando a origem da fonte, descobrir e analisar a consistência dos fatores causadores do surto na Estação 17, controlá-los e finalmente eliminá-los... É conveniente lembrar que esse quadrante do universo não

[1] *Auto Defesa Extra-Terrena nível 2*

está mapeado. Portanto as informações trazidas de lá serão muito bem acolhidas... há risco de vida...

Alguém cochicha no ouvido de Cherry: é Frank.

– Acolhidas? Será que esse computador pirou? Cherry, o que você vem ensinando ao T.I.O.? Ele anda muito estranho depois que você andou reprogramando-o. O velho anda muito alvissareiro...

Cherry não gostou nem um pouco da insinuação de mau gosto e dá o troco:

– Não o chame de velho! Apenas coloquei nele alguns chips de autopercepção sensorial baseados em algumas características humanas... só isso.
– Só isso... E por quanto tempo vamos ter que agüentar esse cinismo humorístico dele?

Cherry põe um ponto final no diálogo.

– Shhh... silêncio!

T.I.O. interrompe a transmissão para acionar a tela. Captara algo vindo de Estação 17:

– ...16!... 16!... Aqui é a 17! 16!... 16!... Aqui é a 17! Alguém nos ouve? Código ômega, código ômega! Se alguém nos vê ou escuta, preste atenção: não se aproxime de nós, ouviu? Não se aproxime! Estão todos mortos! Todos! Alguma coisa penetrou na estação enquanto estávamos com os escudos abaixados e está matando a tripulação. Nossa equipe médica está morta. Eu não sei por que ainda estou vivo...

A voz entrecortada de interferência iônica vai aos poucos perdendo a intensidade:

– Esperem... algo está tentando penetrar no deck [1]... parece quc atravessou o casco...

Ouviu-se um crepitar seguido de um estranho zumbido. A imagem desaparece. Nem mais um som. Nada. Um silêncio pesado abate-se por toda a sala.

– Desligar visor! – ordena Eddie.

Todos ainda permaneciam paralisados. Eddie repete a ordem:

– Desligar visor! Todos a seus postos! Partida em 40 minutos.

[1] *Convés*

A partida

Tendo ao seu lado W, o capitão Eddie desencadeia a checagem final para a partida.

– Frank, desengatar amarras!
– Amarras liberadas!
– Mr. W, um terço à frente!
– Um terço à frente, senhor!

Lentamente, a ALPHA VI desliza pelo imenso deck construído especialmente para ela. Do lado de fora, um homem, com traje pressurizado, acena para o colosso prateado que, lentamente, partia.

Mãos firmes no leme, W aguardava, atento, a próxima ordem.

– Mr. W!...
– Senhor!
– Frank!
– Frank aguardando ordens, senhor!
– Preparar para entrar em velocidade de dobra!

- Engenharia aguardando.
- W aguardando.
- Mr. W, curso seis zero cinco marco 2, dobra 8!
- Curso seis zero cinco, marco 2. Dobra fator 8, senhor!
- Acionar!

A um comando de W, a gigantesca dama prateada desaparece no infinito pontilhado com um clarão e um rastro multicolorido que se esvanece em frações de segundos. A ALPHA VI, enfim, zarpava para seu nebuloso destino.

A caminho – Jackie une-se à equipe

Enquanto W procura, atento, por sinais da Estação 9 junto ao intrincado painel à sua frente, Cherry capta alguma coisa:

– Algo se aproxima de ALPHA VI!
– O que é? – pergunta Eddie – alguma nave?
– Positivo – confirma Cherry – mas é muito pequena. Parece um módulo do tipo salvamento. Solicita autorização de acoplagem.
– Abrir freqüência de saudação, ordena Eddie.
– Freqüência aberta, senhor!
– Áudio interno!
– Áudio interno, senhor – confere Cherry.
– ALPHA VI, aqui é a Tenente Jackie do módulo Caduceu 9. Peço autorização para acoplagem – uma voz soa nos alto-falantes da nave.

Eddie responde. Seus olhos brilham por um instante.

– Autorização concedida. Por que não esperou o teleporte?
– Tivemos um problema de força e o transporte não funcionou. A única solução foi voar até vocês.

Eddie ordena que todos se reúnam para receber Jackie em grande estilo.

– Reunião de oficiais no deck de atracação! Jackie merece uma recepção à altura.

Ouve-se um ruído metálico característico.

Frank ajusta as duas escotilhas de junção do módulo com ALPHA VI compensando a pressão e atmosfera entre os dois ambientes.

Um pequeno rosto aventura-se na janela da porta de acesso ao passadiço interno.

– Permissão para vir a bordo, senhor! – aquela morena de olhos vivos solicita com firmeza.

Eddie sorri:

– Permissão concedida, Tenente! Bem-vinda a bordo!

A pequena comitiva não se contém:

– Jackie! – Todos gritam em coro não contendo a emoção e quebrando a sobriedade da marcialidade presente.

E a graciosa oficial é literalmente cercada de abraços e beijos de seus colegas saudosos. Sweet adianta-se:

– Que bom que você veio! Estávamos morrendo de saudades!... Finalmente iremos trabalhar juntas!

Jackie, tentando, em vão, transparecer dureza, não consegue disfarçar uma travessa lágrima que teima em deixar uma sutil trilha em sua face:

– Imaginem então euzinha, coitada, longe de vocês a milhares de milhas de distância, tendo como companhia alguns malditos vírus! Agora me sinto melhor.

Olhando para cada um dos companheiros, Jackie libera sua emoção, dirige-se a W:

– Você está um gato!...

Em seguida, Frank não escapa:

– Ainda com bronca de mim por causa da nota de Inglês?

Ainda com o braço na cintura de Sweet, dirige-se à sua outra colega de Academia:

– Moon, tenho notícias de que você e Sweet estão derretendo corações na Federação, é verdade?

Não resistindo à tentação de mexer com aquela japonesinha que vivia otimizando seus software [1] médicos.

– Cherry, querida! E aquele sorriso tímido, quando é que vai desabrochar de vez? Vê se larga esse T.I.O. um pouco e saia para dar um passeio pelas estrelas... ah, ah, ah!

Eddie não escapou:

[1] *Programas de computador*

– Comandante, o senhor também está muito bem! Que bom estar de volta. É um privilégio trabalhar com equipe tão especial como vocês.

Por fim, eleva os olhos para uma pequena câmera que a tudo observava silenciosamente:

– T.I.O., querido!

A grande máquina parecia reconhecer a velha amiga:

– ...fzz!...
– Sabe que a minha pronúncia melhorou bastante? Tirei SS no último teste graças a você. Obrigada pela paciência. Jamais poderei agradecer. Só tem uma coisa: vê se larga essa japonesa aí e preste um pouco mais de atenção em mim, tá?...

T.I.O. desenha um olho na tela principal do deck. O olho dá uma piscadela. Emite um ruído característico, dando a todos a impressão de que tinha realmente entendido o recado. Será?... O que será que Cherry andou aprontando?...

Jackie cora:

– T.I.O.!...

Ouve-se uma risada geral enquanto Jackie olha para Cherry, que se esconde atrás de Sweet.

A ALPHA VI retorna ao seu rumo original.

– W?...
– Capitão?
– Nessa velocidade, em quanto tempo chegaremos?

W, sempre muito preciso:

– 6 dias, 22 horas, 13 minutos e ...
– Ok. Sweet?...
– Sim?...
– Conduza Jackie aos seus aposentos e cuide para que não lhe falte nada. Você é a madrinha.
– Pode deixar que eu cuido bem dela. Temos muito o que conversar.
– Muito bem, Tenente, providencie para que Jackie tenha acomodações confortáveis, depois, traga-a junto com Frank, Moon e W para uma reunião em meu gabinete em uma hora!
– Pois não, Comandante – responde Sweet – Entendido ! – os outros oficiais requisitados respondem em uníssono.

Na sala de reunião, Eddie não conseguia disfarçar a preocupação. Era um homem acostumado a missões difíceis e decisões oportunas. Mas desta vez experimentava uma sensação estranha. Não sabia explicar o que era.

– Jackie, o que conseguiu descobrir até agora?
– Nada além do que todos já sabem. Eu gostaria que Moon dissesse algo a respeito para que pudéssemos analisar as características físicas dessas emissões e com Sweet, as suas conseqüências no organismo humano.
– Muito bem... Moon?... – Eddie dirige-se à oficial de ciências.
– Ao que parece, vai ser necessário um trabalho conjunto com Jackie e Sweet. O laboratório de bordo é muito bem equipado e, além de tudo, temos T.I.O.
– Então estou nessa, também! – intervém Cherry eufórica.

– Sabia... onde o T.I.O. está, aí está a japonesinha... – observa Frank, sempre com um sorriso no canto da boca.

Eddie relembra com semblante ansioso:

– Ok, turma, vamos lá, temos seis dias e algumas horas para chegarmos em Issa. Estarei nos meus aposentos incrementando o diário de bordo. Jackie?...
– Sim?
– Mantenha-me informado.
– Afirmativo, senhor.

Um estranho contato

Eddie, recolhido ao seu gabinete, inicia seu diário para T.I.O.:

Diário de bordo suplementar.

Data estelar 2011.2 estamos nos dirigindo para Issa 7. Ultrapassamos os limites do nosso sistema solar e nos aproximamos de Andrômeda. Jamais alguém esteve tão longe. Tenho a melhor equipe de especialistas tentando identificar com o que estamos lidando.

Enquanto Eddie prosseguia concentrado, uma voz ressoa pelo intercom. É Cherry:

– Capitão, captei alguma coisa nos sensores...
– O que é?
– Não sei ao certo... parece um pedido de socorro, mas o sinal está muito fraco...
– A caminho. Tente reforçar o sinal e coloque-o no áudio assim que eu chegar à ponte.

Após Cherry passar o som para o ambiente da ponte de Comando:

- Alpha VI, Alpha VI, responda!... – ouve-se na ponte.
- Cherry, identifique! – diz Eddie.
- Não consigo estabelecer contato.
- De onde provém?
- Parece uma nave de fuga, não tenho bem certeza.
- Fuga? Qual a identificação? – pergunta Eddie.
- Acho que é a Ganimedes 5. Estranho...
- Estranho o quê, Cherry?
- Estamos longe da 19 e essas naves não estão preparadas para sair de órbita da Estação. Seu equipamento de comunicação mal está nos alcançando.
- 19? Como? Já estamos quase em Andrômeda! Como veio parar aqui tão longe? – surpreende-se Eddie.

Eddie cada vez mais ansioso:

- Ponha no visor – ordena Eddie.
- Está longe... confere Cherry. Moon acompanha atentamente à enorme tela da nave.
- Magnitude 5!
- Magnitude 5... na tela – sintoniza Cherry.

Uma imagem fugaz começa a formar-se na tela e o pequeno módulo de fuga surge e algo deixa a todos perplexos na ponte:

- Capitão... o que é aquilo em volta da Ganimedes?... – Moon arregala os olhos negros.

– Não sei... parece uma neblina esverdeada... – o comandante procura, em vão, encontrar uma explicação para o que vê.
– Alerta amarelo! Alerta amarelo! – determina Eddie – levantar escudos! Vamos nos aproximar. W?...
– Pois não, senhor.

Eddie decide investigar.

– Vamos nos aproximar à velocidade de impulsão... Moon?
– Sim?
– Analise a composição da névoa.

Moon aproxima-se de um pequeno visor azulado.

– Composição desconhecida. Parece um campo de força. Há sinais vitais vindos daquela coisa.
– Que tipo de sinais?
– Padrões fora de escala. Não me recordo de ter visto algo parecido.
– Passe os dados para T.I.O.!
– Passando agora...
– T.I.O?... – Eddie inicia suas perguntas.
– ...fzz!...
– Analise o material envoltório de Ganimedes 5.
– ...analisando... campo de energia fotônica... 2.3 x 10^4 gauss e aumentando...

Eddie permanece perplexo:

– O quê... o quê significa isso, Moon? – pergunta o comandante da nave.
– Capitão, em todos os meus anos de estudo da Física, jamais me deparei com tal fenômeno!

– Do que está falando?
– Se não estou enganada, o que estamos presenciando lá fora é uma heresia [1] física.
– O quê?...
– Aquela espécie de nuvem é formada de fótons. E estão concentrados. Isto é incrível!
– Fótons concentrados? Mas a luz não se desloca? Que história é essa de luz estacionária? – Eddie questiona, cada vez mais intrigado.
– Pois aí é que está. Não há uma fonte definida. E além disso, criou um campo foto-magnético que parece aumentar a cada hora... – deduz Moon.
– Cherry, ainda há sinais de vida no interior da Ganimedes?
– Os sinais vitais do interior estão diminuindo...
– Capitão, parece que T.I.O. tem alguma coisa para nos dizer.
– O que é, T.I.O.?
– ...energia vital no interior da nave Ganimedes diminuindo de intensidade... dissipando-se... padrões de energia do campo foto-magnético aumentando...
– T.I.O., computar eficiência dos trajes com relação ao campo!
– ...trajes convencionais existentes em ALPHA VI ineficientes... a radiação penetraria no organismo humano através do isolamento em 3 minutos e 43 segundos...

Eddie, desolado, dirige-se para a médica:

– Sweet, o que acha?

Sweet recorre à sua intuição médica.

[1] *Contra-senso, absurdo*

– Capitão, temos de conseguir fazer um teste com um dos possíveis sobreviventes, se é que ainda existe alguém vivo por lá.

Eddie vê-se na alternativa de ir até Ganimedes e trazer alguém.

– Cherry, podemos focalizar um dos possíveis sobreviventes e trazê-lo através da sala de transporte?
– Capitão – lembra Sweet – eles não estão protegidos e nem nós em Alpha VI. Se trouxermos alguém sem providenciarmos uma quarentena, estaremos todos expostos àquela coisa.
– Então por que não isolamos a área da sala de transporte, congelamos o sujeito e levamos para o laboratório? – simplifica Frank.
– Que tipo de isolamento usaremos? T.I.O. disse que nossos trajes são ineficazes. Estaremos correndo um risco desnecessário – reafirma Jackie, concordando com sua colega.

Moon sobressalta-se ante uma pergunta de Eddie:

– Moon, podemos usar o traje B?

O traje especial B fora resultado de uma profunda pesquisa realizada por Moon a pedido da Federação por ocasião da perda da sonda Mercium II na superfície incandescente de Mercúrio.

A recuperação da tal sonda era primordial, pois durante sua órbita, a pouco mais de 400 km do planeta, ela coletara dados que desvendariam segredos da formação dos planetas do sistema solar, inclusive do big bang[1].

---

[1] *A grande explosão que teria originado o Universo*

As condições extremas de Mercúrio, bastante conhecidas, invalidavam toda a tecnologia existente até então. Todas as tentativas de resgate da sonda haviam sido inúteis. Até que, finalmente, com a missão nas mãos, Moon teria que idealizar e viabilizar, com sucesso, a recuperação do projeto de dois bilhões de dólares.

Com sua pertinácia e genialidade não fica difícil imaginar qual fora o desfecho.

Moon não só criara um robô de alta resistência como também – incrível – desenvolveu um traje que permitiu que um ser humano descesse à superfície do planeta letal, manejar o equipamento, resgatar a sonda e retornar são e salvo.

Bem, o resto é história.

Só que agora a situação era diferente. Havia o fator desconhecido.

Moon franziu a testa:

– Ainda não foi testado... não nessas condições. Não sabemos qual o nível de impermeabilidade exigido para fazer face a essa coisa... seja lá o que for – Moon morde os lábios com um semblante tenso. Mesmo assim mira firmemente seu comandante e murmura consigo mesma: – não posso transparecer dúvida, não agora... passei meses testando o novo traje que suportou os mais duros e inimagináveis testes de resistência. Tem que funcionar...

Eddie olha para a oficial de ciências e todo o receio desfaz-se ao fitar aqueles olhos negros e confiantes.

– Tudo bem. Vou ordenar para que todos coloquem a nova proteção. Moon?...
– Pois não?

Eddie sorri para a tenente:

- Estamos apenas tomando alguma precaução. Não sabemos com o que estamos lidando.
- Cherry, transmita a ordem a todos os setores da nave.

Moon reúne um grupo para orientar os tripulantes sobre como operar a nova proteção.

Algo invade o deck 8

Na engenharia:

– Capitão, aqui é Frank!
– Aqui é Eddie, o que é?
– Não sei bem, Capitão. Um pouco antes dos escudos serem levantados, houve uma ligeira queda de energia nas células de Niônio [1].
– Algum dano, algum perigo para a nave?
– Não até agora. Os níveis restabeleceram-se... só que...
– Diga, Frank?...
– Acho que não foi nada... apenas algum reflexo secundário quando examinava uma das juntas do deck de sobressalentes...
– Frank?... – interfere Moon.
– Sim?...
– O que exatamente você acha que viu?
– Bobagem, deve ser o cansaço... aqueles vetores de empuxo me esgotaram.

---

[1] *Auxilia no controle do fluxo de anti-matéria*

Moon percebe que algo estava errado e insiste:

- Frank, vamos lá, fale!
- Tudo bem. Pareceu-me uma pulsação luminosa emanando de um dos terminais de controle de radiação gama.
- De que cor era?
- Cor? – Frank não entende – parecia uma luz esverdeada... mas sumiu.

Cherry monitora um visor azul quando percebe à sua frente e acima dos controles principais de seu painel, uma luz vermelha que começa a piscar.

- Capitão, algo errado no deck 8.
- O que é?
- Há um aumento de 2 graus na temperatura. Algo, vindo de fora, penetrou nos dutos da nave.
- Frank, está me ouvindo? O que está havendo aí no deck 8? – pergunta Moon.
- Não sei, vou checar... deck 8, deck 8, aqui é Frank! Identificar elevação de temperatura e integridade do casco.

O alferes Hugh retorna:

- Tenente, há algo movendo-se por entre os dutos do sistema de ventilação.
- Que tipo de coisa?

O diálogo dos dois era acompanhado com preocupação por todos em especial Eddie e Moon.

Lá fora, a Ganimedes.

Aparentemente sem vida, está à deriva no frio espacial.

– Cherry? – tenso, Eddie aproxima-se da tenente, que está atenta a um pequeno visor azulado.
– Senhor, algo está errado com essa pequena nave. Estou captando pequenos sinais de atividade. Mas nada faz sentido. Não há sinais vitais. Não há força. Nada. Só esses esparsos pulsos de atividade. Não consigo estabilizar um padrão de comunicação... parece que não nos ouvem... espere...
– O que foi?
– Estou conseguindo alguma coisa... não é uma tentativa de comunicação nem pedido de socorro... é... um sinal de aviso...
– Amigo?... Há alguém lá?
– Desconhecido – Cherry responde com um ar de perplexidade – não há ninguém na Ganimedes para responder.

O pequeno módulo parecia estar à deriva e Cherry, juntamente com Moon, tentava todos os meios de estabelecer contato.

– Continue tentando... Frank?
– Sim?
– Preparar raio trator. Temos que ficar atentos. Moon, quanto tempo esses módulos têm de oxigênio e combustível?
– Cerca de 3 horas. Mas não sabemos há quanto tempo ele está lá fora.
– Qual a distância?
– 500 metros.
– Sweet?
– Senhor!
– Apresente-se à sala de transporte. Iremos até o módulo verificar.
– Teremos que colocar traje especial. Não sabemos o que vamos encontrar lá.

Enquanto isso, no deck 8, o auxiliar de Frank observa a estranha presença nos painéis.

– Tenente, parece que está aumentando sua consistência e emite uma espécie de fluorescência... a temperatura está subindo. Já atinge a marca dos 38º C.
– Hugh, não toque nessa coisa! Capitão, o que vamos fazer? Acho melhor retirar o pessoal do deck e lacrá-lo.

Eddie, pressentindo um perigo iminente, ordena a Frank:

– Evacuar imediatamente o deck 8. Suba ao 1 e aguarde. Estou-lhe enviando Moon.

Eddie, deparando-se com uma situação inusitada e desconhecida:

– Alerta vermelho! Alerta vermelho! Cherry, contate a Federação em código cifrado! – Eddie continua: – oficiais não empenhados em funções vitais da nave devem apresentar-se à ponte para novas ordens!

Cherry retransmite pelo intercom a todos os setores de Alpha VI.

Após a comunicação interna, um curto-circuito percorre o painel de Cherry quando ela tenta emitir a mensagem para a Federação.

Um fortíssimo clarão irrompe pela ponte.

– Capitão, não consigo transmitir a mensagem para a Federação, algo está interferindo nos circuitos!
– Tente desviar a energia para os circuitos auxiliares!

W é atingido por uma força desconhecida

Subitamente, um intenso feixe de luz atinge W, e o atira para longe de seu assento. Cai, imóvel.

Cherry ainda estava às voltas com o restabelecimento do sistema de comunicações da nave. Ao ver o clarão e o amigo inerte, a pequena dama do sol nascente desespera-se e olha para Eddie, que estava junto a Sweet, gritando o nome do piloto:

– W!... Capitão, algo o atingiu!

Sem perda de tempo, a médica salta sobre o jovem piloto desacordado empunhando seu lifescanner [1]. Rapidamente abre seu uniforme e examina o peito de W. Um pequeno sensor giratório faz as leituras vitais transmitindo-as para o display [2] do aparelho:

[1] *Aparelho inspecionador de energia vital*
[2] *Mostrador*

– Capitão, precisamos levá-lo à enfermaria. Sua temperatura está subindo rapidamente e temos que colocá-lo na cuba criogênica para estabilizar seu metabolismo e deter essa coisa, seja lá o que for! – Sweet apressa-se em conduzi-lo com a ajuda de dois enfermeiros.

Eddie, ainda surpreso, mantém o autocontrole:

– Sweet?...
– Sim, Comandante?
– O que acha?
– Não sei ao certo. Seus sinais estão enfraquecendo e os padrões são desconhecidos. Preciso de mais dados que só na enfermaria terei condições de encontrar.

Temendo pelo bem-estar do seu imediato, o comandante dirige-se à jovem nissei [1] com o olhar extremamente apreensivo, segurando-lhe o braço:

– Sweet?...
– Sim?
– Cuide bem dele...
– Não se preocupe, ele é meu agora e vou devolvê-lo à ponte melhor do que era, juro.

Auxiliada por Ina, sua enfermeira, Sweet procede rapidamente a uma biotomografia de W. Coloca o oficial em uma câmara impermeável e põe-se frente ao painel de controles.

W permanecia imóvel, mas os sinais vitais estavam preservados.

Sweet passou para um exame de sangue. Nada de anormal. Sistema linfático fluindo normalmente.

[1] *Filho de pais japoneses nascido na América*

Sweet tenta, febrilmente, encontrar algo que faça sentido. Já lidara com vários tipos de radiação e aquilo era diferente de tudo o que havia experimentado.

– O que será que houve?... – reflete.

De repente, algo desperta-lhe a atenção. Resolve, então, proceder uma pesquisa espectrocromatográfica.

Vai até o intercom:

– Ina? – a auxiliar é chamada.
– Acionar unidade de cromatografia! 10 ma!
– Entendido! 10 ma!
– Ativar!...

O corpo inerte de W é invadido por uma gama variada de luzes.

– Filtro infravermelho! Ativar!
– Filtro infravermelho ativado!

O corpo inanimado do piloto vê-se invadido por feixes luminosos que pareciam penetrar-lhe a pele e os músculos superficiais, transformando-o numa fonte de energia fosforescente. Mas nada é captado nos monitores.

– Desativar infravermelho!
– Infravermelho desativado!

Nada acontece ou parece acontecer. Sweet prossegue:

– Filtro azul! Ativar!
– Filtro azul ativado!

Nenhuma mudança. Sweet ordena o desativamento do azul. Quando tenta o passo seguinte:

- Filtro verde!
- Filtro verde! – responde Ina.

O visor à frente de Sweet inicia um padrão espectroscópico desconhecido. A auxiliar, que acompanhava ao lado da câmara de W, sobressalta-se:

- Dra.! Dra.! – Ina clama pela chefe.
- O que foi? – pergunta Sweet.
- Venha dar uma olhada. Tem alguma coisa aqui.

Sweet, que já percebera algo em seu monitor, já está à frente da câmara.

Observa W através da janela transparente e ambas presenciam o que seria o início de uma pequena guerra particular em seus domínios da medicina.

- Dra., o que é aquilo ao redor dos olhos do tenente? Parece uma auréola. É defeito do aparelho?
- Não, não é. Elimine todos os outros filtros. Deixe só o verde. Aumente a intensidade para 12.
- Havia uma luz verde quando o tomei nos braços. Ocupava a órbita da íris. Depois foi sumindo. Qual será a causa? De que se trata? – Ina!
- Sim?
- Ouviu a ordem do comandante transmitida por Cherry. Temos que colocar o traje B. Deixe mais um equipamento em condições.
- Para?...
- Dra. Jackie. Quero Jackie aqui. Precisamos descobrir o que é isso.

O traje era um pouco pesado e Ina auxilia a médica com o capacete. Uma autopressurização dava-se, automaticamente, após o clique do capacete em seu alojamento de forma anular. Ao verificar isso, Ina decide colocar em si mesma a parte superior do uniforme. Por coincidência, o som da despressurização da câmara de W e o clique da escotilha deram-se no exato momento em que a enfermeira ultimava os procedimentos de colocação da estranha vestimenta. Algo interpõe-se no sistema de encaixe, dando-lhe a falsa impressão de pressurização e travamento. Ina não percebe e continua seu trabalho sem se dar conta que seu equipamento não ficou em segurança. Tensa, também não nota uma pequena luz vermelha de advertência no interior de seu capacete.

Sweet chama a microbióloga pelo seu intercomunicador pessoal que, a essa altura, já envergava a estranha vestimenta idealizada por Moon.

– Jackie, Jackie, aqui é Sweet! Responda!
– Aqui é Jackie, diga, minha mestra!
– Sinto-me honrada. Eu é que devia tratá-la dessa forma – diz Sweet um pouco encabulada e ansiosa ao mesmo tempo – por favor, venha o mais rápido que puder à enfermaria. Tenho alguma coisa aqui!

Jackie atende, de imediato, ao chamado.

– A caminho – Jackie desliga o intercom e dispara para o pequeno laboratório.

Eddie a segue e ordena a Moon e Frank que se irradiem para Ganimedes 5 a fim de trazerem um dos tripulantes para exames. Na verdade, o comandante estava com duas frentes bastante preocupantes: a Ganimedes 5 e o laboratório.

- Frank?
- Sim, Capitão?
- Boa sorte!...
- Obrigado, estarei em boas mãos. Moon está comigo. Acho que meu pescoço está protegido neste traje que ela mesma inventou. A não ser que ela o tenha ajustado para, numa hora de recaída, pegar nele. Mas o anel que circunda o traje, é bem largo. Ela não vai conseguir, eh, eh, não é darling? - Frank desdenha.
- Pode deixar, você não vai usar essa coisa para sempre mesmo. Eu sei esperar... - sorri Moon.

Mesmo com um problema desconhecido nas mãos e potencialmente perigoso para a nave, conseguiam manter um sutil nível de humor. Talvez fruto do alto grau de confiança recíproca de que eram possuidores.

No laboratório, já devidamente uniformizados, Jackie observa W com preocupação. Vira-se para Sweet e pergunta:

- Qual foi o resultado final da espectrocromatografia, Sweet?
- Positivo em filtro verde fluorescente.
- Intensidade?
- 12.
- Como está a atividade cerebral?
- Preservada. Ondas alfa e beta flutuando. Há um padrão não mapeado nos terminais occipitais - relata Ina, sempre grudada no visor de ondas.

– Occipital? – os olhos de Sweet brilham – você disse occipital? – é isso!
– Isso o quê, Sweet? – espanta-se Jackie!

Sweet não estava bem certa, mas virou-se para Ina e determinou:

– Conecte estes dois sensores-eletrodos na fronte de W!
– Pois não, eletrodos sendo conectados... agora! – procede Ina sob os olhos atentos de sua chefe. Jackie não desgruda os olhos tanto de W quanto do monitor.
– Sweet?
– Sim, Jackie?
– Qual é a idéia? – pergunta, curiosa, a microbióloga.

Sweet relembra uma passagem durante umas das sessões de treinamento da Academia.

– Lembra-se das nossas aulas de percepção extra-sensorial que T.I.O. nos ministrou há dois anos?

Alguma das sessões de treino coletivo da Academia ficava a cargo da grande máquina. O Comando da Academia sabia que ela conhecia muito bem seus cadetes que tinham nela, confiança absoluta.

– Certamente! – diz Jackie.
– E lembra-se também de quem foi usado como cobaia para os testes?
– Claro, foi W! Ele é tido como um dos maiores Q.I. da Frota e sempre se queixou de que sabia que algo ia acontecer bem antes de acontecer. Era uma espécie de sexto sentido. Ficou aborrecido porque alguns colegas mal intencionados queriam advinhar

o futuro ou tirar a sorte grande nas máquinas da sorte do cassino. Aí recorriam a ele como se ele fosse um cigano das galáxias, ou coisa parecida. Isso o magoou muito. De lá para cá vem usando a discrição como pano de frente. Não gosta muito que toquem no assunto.

– Exatamente, você tem uma memória privilegiada – elogia Sweet – lembra-se, também, do teste de gravidade zero em que ele se distraiu por causa de uma brincadeira que o Gus fez do lado de fora da escotilha?

– Lembro – diz Jackie – estávamos em uma câmara individual. Ele deveria prender o cinto de segurança antes que os operadores desligassem o painel e a gravidade voltasse ao normal. Ele flutuava no teto da câmara. Distraiu-se com uma careta feita por Gus. O vidro da escotilha era biconvexo [1] e distorcia as imagens. Gus sabia disso e quis fazer uma brincadeira sem maldade. Quando cessou o efeito, W, pego de surpresa, despencou e sua cabeça bateu na borda de um dos painéis e ficou desacordado. Só que ninguém sabia o motivo, pois, do lado de fora, não se tinha visão exata do que estava se passando dentro da câmara. Os auxiliares do T.I.O., junto ao painéis de controle, só monitoravam funções vitais. Não viam nada.

– E o que foi feito, lembra? – pergunta Sweet – pensando ser um problema mais sério como uma síncope zerogravitacional ou, mesmo, uma parada cardiorrespiratória, assumi o painel do computador e conectei dois eletrodos em W. Com isso utilizamos os padrões de ondas cerebrais dele para fazer o diagnóstico. W nos disse tudo através dos terminais. Assim ficamos sabendo que fora um tombo

[1] *vidro com dupla face arredondada para fora*

em gravidade normal e que ele, simplesmente, batera com a cabeça.

- E agora, pensa em fazer o mesmo? – pergunta Jackie.
- Sim e parece que já estamos recebendo alguma coisa... T.I.O.?...
- ...sim?... – responde a grande máquina.
- O que houve com o Tenente W?
- ...analisando sinais vitais... plug a-1 ok... plug a-2 fraco... passando para o monitor...

T.I.O. traduzia os tênues sinais do piloto e os colocava na tela. Sweet e Jackie com a respiração suspensa. De repente, os primeiros caracteres começaram a aparecer:

- ...primeiro Tenente W da federação da frota estelar...

Os caracteres na tela pareciam transmitir o pensamento do imediato. Estavam fracos e confusos.

- T.I.O., podemos nos comunicar com ele? – pergunta Sweet.
- ...estou providenciando o retorno bilateral... ok... utilizem o teclado ou o speaker para falar com o tenente!... – nada parecia impossível à grande máquina.

Sweet assume o teclado ao lado de Jackie.

- W... W... você está comigo?
- ...estou... – diz W na tela.
- Como você está?
- ...bem... e você?...

– Graças aos Céus!... ele está respondendo, Jackie – o rosto de Sweet ilumina-se de esperança.

Sweet tenta descobrir como foi o golpe recebido na ponte de Comando.

– W, o que aconteceu na ponte?
– ...está tudo bem...
– W, responda!... – insiste Sweet.
– ...estou me sentindo prisioneiro... está muito quente aqui... devem me libertar...
– Prisioneiro? Como? O que aconteceu? – Sweet não conseguia entender nada.
– ...eu estou bem... devem me libertar desta câmara...
– Jackie... – Sweet vira-se para sua colega.
– Sim?...

Um mau presságio passa pela mente de Sweet.

– Não estou gostando nada disso...
– W?... – pergunta Sweet.
– ...eu sou W... o que quer?...
– Você se lembra de mim?
– ...sim... e da pitanga também...
– Você está doente e precisa de cuidados médicos – digita Sweet.
– Sweet?... – Jackie interrompe.
– Sim?...
– Ele disse pitanga e não pitanguinha... há algo errado. Ele nunca me chamou de pitanga. Pergunte mais coisas. Pergunte sobre o namoro de vocês.
– W?... – prossegue Sweet.
– ...sim... o que quer?...
– É você mesmo? É o W que eu conheço?
...sou... sim...

– Lembra-se do dia em que me convidou para assistir a um vídeo dos Beatles na sala VIP do T.I.O.?

– ...lembro...

– Qual foi a canção na qual você se emocionou tanto que se engasgou com a pipoca que você mesmo trouxe para nós dois?

– ...Help... quando acertaram um dardo no rosto de Ringo... eu me assustei...

– E depois, o que aconteceu em seguida?

– ...você me levou para beber água... o sal estava muito forte...

Sweet faz uma terrível descoberta

Sweet chama Jackie num canto e começa a chorar. Jackie olha a amiga bem fundo nos olhos cheios de lágrimas.

– Sweet, o que foi? Que cara é essa? O que foi que ele disse que te deixou assim?
– Esse aí não é W – diz Sweet.
– O quê? Como assim? Ele lembrou detalhes muito íntimos de seu namoro.
– Não, minha querida amiga, a canção não era Help, era You´ve Got to Hide Your Love Away. Quando John gritou: *hey*! ele se engasgou.
– E a água? Parece-me um detalhe importante – lembrou Jackie.
– Não lhe dei, senão, um belo tapa nas costas para soltar o grão preso na garganta.
– E o sal?
– Ele jamais gostou de pipoca salgada. Entende?

Jackie e Sweet estavam petrificadas. Certamente não era W que estava ali. Então, quem era?...

- Jesus Todo-Poderoso!... – um calafrio toma conta de Jackie – com o que ou quem estamos lidando?

Eddie, que já havia voltado para a ponte para acompanhar os trabalhos de Frank e Moon, recebe um chamado.

- Capitão, aqui é Sweet! Venha depressa ao laboratório.
- A caminho – Eddie corre imediatamente atendendo ao chamado de sua médica.

Lá chegando, depara-se com Sweet e Jackie aguardando ordens para desligar o equipamento.

- O que descobriram?
- Descobrimos que alguém ou alguma coisa apossou-se de W, mas de alguma forma, está permitindo uma certa intercomunicação com o mundo exterior.

Eddie franze a testa e não vê nada que possa fazer, a não ser confiar em Sweet. Olha para ela.

- Qual o próximo passo? – pergunta Eddie.

Sweet terminara de colher, junto a T.I.O., alguns dados e cálculos com uma projeção futura em relação à integridade psicossomática [1] de W. Inspira fundo e girando sua cadeira dirige-se a Eddie:

---

[1] *Orgânica e psíquica*

- Primeiro, não sabemos com o que estamos lidando; segundo, podemos nos comunicar com ele e terceiro, se o mantivermos enclausurado sua vida correrá perigo, pois sua atividade metabólica [1] está sendo intensificada por uma força alienígena e seu organismo, mesmo forte, poderá não resistir.
- Jackie, o que acha? – pergunta Eddie.
- Tomamos essa deliberação juntas. Aguardamos sua ordem para por em execução.

Eddie não tinha muitas alternativas, senão concordar. Afinal, elas eram as melhores e em suas mãos estava, talvez, a única esperança.

- Está bem, garotas! O que pretendem fazer?
- Primeiro vamos tirá-lo da câmara para que possamos monitorá-lo mais de perto – diz Sweet.
- Riscos para a nave? – pergunta preocupado, Eddie.
- Talvez seja prudente isolarmos o laboratório – acrescenta Jackie.
- E vocês três? – pergunta Eddie temendo pela segurança das duas mais a enfermeira.
- Estamos cientes do perigo. Vale uma vida – a de W.
- O que acham da nave já estar contaminada?
- Acreditamos que não seja um problema de contaminação, mas de uma invasão por algo inteligente.
- Invasão? Inteligência extraterrestre? E quanto a vocês, tudo bem? Algum sinal de contaminação em vocês?
- Até agora, de acordo com os monitores, estamos com as funções vitais funcionando normalmente – tranqüiliza Sweet.

Um dilema.

[1] *Atividade química do organismo*

Na verdade, o comandante da nave estava com as duas maiores especialistas envolvidas em algo inteiramente desconhecido e potencialmente perigoso.

Pensava em deixar Sweet cuidando sozinha do caso e poupar Jackie. Em caso extremo, perderia apenas uma das duas. Decidiu, enfim, confiar num trabalho conjunto, pois parecia que as duas não queriam afastar-se uma da outra. Eram afinadíssimas. Eddie orgulhava-se disso.

- Estarei na ponte – diz o capitão – mantenham-me informado de qualquer alteração no quadro dele. Sweet?...
- Sim, Capitão?
- Lembre-se, você prometeu um tenente novinho em folha...
- Não me esqueci, senhor.

Ao afastar-se o comandante, Sweet ordena a Ina para isolar o acesso ao laboratório, que ficava no deck 6:

- Lacrar deck 5 e 7! Isolar deck 6!
- 5 e 7 lacrados! – retorna Ina – deck 6 isolado!
- Bem, minha cara pitanguinha, vamos lá – suspira a médica.

Sweet ordena a Ina que abra a janela que separa W do interior do laboratório.

- Câmara aberta!
- Ina, desconecte eletrodos exceto os a-1 e a-2! Podemos operá-los por controle remoto.
- Eletrodos desconectados e liberados!

Sweet aciona um comando e W desliza para fora da câmara. Ina aproxima-se lentamente e observa um sutil movimento sob as pálpebras fechadas do piloto.

– Ina, cuidado... – adverte Sweet.

Ao terminar o aviso, subitamente, as mãos de W movem-se velozmente, em arco, atingindo a enfermeira.

A jovem, recebendo um violento golpe que a atira longe, cai por sobre um painel e seu traje de proteção se abre. O capacete desconecta-se desprotegendo-lhe a cabeça e o rosto.

Do dedo indicador de W, parte um raio que atinge os olhos de Ina. Contorcendo-se de dor, tenta equilibrar-se junto à parede repleta de luzes coloridas.

– Ina! – acorre Sweet.
– Socorro, ajudem-me, algo está queimando os meus olhos! Ahh!... Meus olhos!

Sweet atira-se para as mãos de W na tentativa de interromper o fluxo energético.

– W, não faça isso, ela é sua amiga, não a mate, por favor!

Sweet tenta comunicar-se com o piloto que parecia ter recobrado a consciência.

Um outro golpe atinge Sweet que, também, é atirada longe. A tentativa não dera resultado. A médica tenta mover-se com alguma dificuldade. Um raio esverdeado, disparado por W, tenta atingir Sweet, mas seu traje resiste e a proteje.

– Sweet, você está bem? – grita Jackie.

– Ai... minha cabeça... acho que bati em algum lugar... – a tenente balbucia algo com muita dificuldade.

Jackie, a única no laboratório com algum controle da situação, percebe, aterrorizada, que W ergue-se do leito e dirige-se para Sweet.

– Sweet, cuidado... atrás de você!... – avisa Jackie .

Sem quase nada enxergar, Ina, ainda com os olhos ardendo, arrasta-se e tateando o chão, percebe seu capacete e o empunha. Levanta-se e parte para W tentando impedi-lo de alcançar Sweet que estava meio atordoada. A enfermeira, num terrível esforço, consegue aproximar-se por trás do piloto.

– Dra., Dra., cuidado, ele está tentando alcançá-la. Tente a escada da escotilha!

Sweet, completamente atordoada, leva as mãos ao degrau, mas W é mais rápido e a agarra com uma das mãos e a atira de encontro ao outro extremo do laboratório.

Ina, brandindo o capacete, alcança o piloto enfurecido e golpeia-o na cabeça.

W cai.

Seu corpo é tomado por uma espécie de tremedeira e, de sua boca são proferidos gritos horríveis, inverossímeis [1].

Sweet, que alcançara a parte superior do laboratório, assistia, ainda atordoada, àquela cena pavorosa. Afinal era o seu amigo que estava sofrendo tal castigo infligido por alguma força estranha e maligna.

[1] *Inacreditáveis*

Ao ver o piloto aparentemente desacordado, Jackie acorreu em socorro de Ina, que parecia enlouquecida de dor.

- Ina?... Ina?... – Jackie tenta recobrar a consciência da jovem enfermeira que acabara de salvar a vida de Sweet.
- Dra. Jackie... meus olhos... por favor... o que está acontecendo com eles?...
- Calma, menina, você vai ficar boa – tranqüiliza a microbióloga.

Colocando gentilmente a auxiliar de Sweet num outro leito, aplica-lhe um sedativo e uma espécie de colírio sobre as vistas de Ina. Em, seguida, com o auxílio de Sweet que, descendo das escadas, já estava se sentindo melhor, apressaram-se em recolocar o piloto de volta ao seu leito. Só que dessa vez, bem amarrado com fortíssimas correias de nylon.

- Um, dois...três!... – as duas médicas conseguem imobilizar W.
- Como está Ina? – pergunta Sweet – ela salvou-me a vida...
- Venha, vamos examiná-la. Sweet, você realmente já está em condições?
- Sim, estou só um pouquinho tonta... – diz a médica de bordo.
- Veja, Sweet, aquela coisa esverdeada circundando os olhos dela – Jackie chama a atenção.
- Está sumindo... da mesma forma que aconteceu com ele. Rápido, dê-me aquela lâmina – pede Sweet a Jackie.
- Aqui está – a microbióloga não perde tempo.

– Agora, prepare o microscópio eletrofotônico com filtro verde. Acho que agora temos algo nas mãos, não podemos desperdiçar mais tempo e oportunidade.

As mãos hábeis de Jackie preparam a grande máquina e o filtro conforme recomendado por Sweet.

Sweet conseguira, com suas mãos precisas, recolher uma minúscula amostra de secreção de um dos olhos de Ina. Uma lágrima estava sendo levada para o visor do imenso microscópio.

– Pronto, Sweet! – Jackie aguarda para colocar o material que Sweet recolhera de Ina.
– Material colocado, acionar filtro! Resolução 400x! – diz Sweet.
– 400! – reponde Jackie.
– Nada... aumentar para 900x!
– 900! – diz Jackie.
– Nada, ainda... 1500x!
– 1500x!
– Sweet?... – interfere Jackie.
– Sim?...
– Eu estou achando que estamos lidando com algo muito pequeno...
– Você acha que essa coisa está em níveis de dimensões atômicas? A luz verde... é isso! – o rosto de Sweet ilumina-se.
– A luz verde possui um comprimento de onda de 2.3×10^{-6} Å e com a ajuda desse microscópio poderemos observar o que está acontecendo a níveis tão ínfimos – complementa Jackie.
– Muito bem, assuma o visor que eu vou trocar a bandagem de Ina. Tente uma resolução próxima ao comprimento de onda dessa luz.

Sweet dirige-se ao leito da enfermeira, verifica a bandagem e constata, pelo seu semblante, que o sedativo fizera efeito.

Retira a bandagem e movimenta, por sobre o corpo de Ina, um grande braço articulado contendo várias lentes e visores para uma inspeção profunda nos olhos de Ina. O equipamento é posicionado sobre o rosto. A pretensão de Sweet era constatar possíveis danos, a extensão e a natureza dos mesmos.

Com a ajuda de pequenos afastadores, os olhos da enfermeira são abertos ao máximo e protegidos com um colírio especial para evitar ressecamento. Sweet aproxima uma das lentes e faz uma varredura da córnea transparente e o restante da superfície.

- Jackie, tudo limpo e em ordem na córnea! Vou alternar a lente e passar para a íris – Sweet, passo a passo, informava à sua amiga o que ia observando no microscópio.
- Sweet, Sweet, venha aqui depressa, achei alguma coisa! – Jackie estava eufórica.

Após tornar a proteger os olhos de Ina, Sweet salta para perto de Jackie para ver do que se tratava.

- O que você viu? – pergunta Sweet.
- Vou passar para o monitor acoplado ao T.I.O., assim, juntas, poderemos acompanhar tudo. Já coloquei o programa de análise para que ele nos ajude na pesquisa – diz a microbióloga.
- Ótima idéia! Bem, vejamos o que temos aí – Sweet respira fundo.

Jackie enfrenta um velho inimigo

No monitor aparece uma série de pontos coloridos e algo chama a atenção de Jackie.

– Meu Deus, Sweet, acho que já nos conhecemos!...
– Ora é claro, mas que história é essa, Jackie, pirou de vez? – Sweet não entende as palavras de Jackie.
– Não é isso que você está pensando, são esses pontos.
– O que têm eles?
– São vírus!
– Vírus? Como é que sabe? Sweet arregala os olhos negros.
– São os mesmos que combati quando estava na Estação 9. Eles não podem ser isolados. Daí o fracasso de inúmeras equipes médicas. O procedimento padrão é de sempre tentar isolar os vírus. Nesse caso a tática é diferente.
– Entendi. Quando você estava conversando com a Cherry pelo intercom, eu estava monitorando por

acaso e acabei participando, como ouvinte, da sua façanha. Só lamentei a perda do Danny, da Tina e do Oak. Acha que poderemos reverter o quadro?

– Não sei. Os padrões deste vírus estão um pouco diferentes daqueles de lá, mas os sintomas são idênticos.

Jackie abre um armário azul e retira uma valise. Nesta valise estão confinados os vírus que foram eliminados na Estação 9 e que a microbióloga trouxera, afortunadamente, para Alpha VI.

Jackie, de posse de uma pinça, retira, rapidamente, um dos frascos meticulosamente lacrados em cuba criogênica de nitrogênio. Jackie os usaria com a finalidade de futuras pesquisas e estudos.

Com mãos firmes, empunhando manipuladores mecânicos, ela separa uma amostra e a posiciona em uma das aberturas existentes no microscópio para serem observadas. As duas amostras são alinhadas paralelamente na base do visor.

– Sweet, dê uma olhada. Repare na coloração. Vê algo estranho?
– Sim, parece que uma das amostras possui um padrão estável de cor e a outra, não. A da esquerda está fixa.
– Exatamente. Esta não é a de Ina. É a que retirei do meu último paciente. Após o uso de radiação retrocromofotônica o sistema central virótico passou a atacar os próprios vírus, lembra-se?
– Não, pois você só comentou que interferiu na freqüência na qual os vírus eram comandados.
– Pois é, essa interferência, na verdade, não era de origem elétrica, eletrônica ou coisa desse tipo.
– O que era, então?
– Cor. Simplesmente radiações cromáticas.

– Radiações cromáticas... incrível... e o que fazer, então?

– T.I.O., por favor, calcule as freqüências cromorradiantes entre as duas amostras. Em seguida, a diferença de comprimento de onda no espectro luminoso sob filtro verde.

A grande máquina já estava deduzindo tais passos e numa fração de segundo os dados solicitados já estavam na tela de um dos monitores.

– ...fzz... resultado em condições de ser utilizado...

– Obrigada pela rapidez, T.I.O. Sweet, por gentileza, prepare o L.A.S.E.R. fator 3, freqüência 5 por 0,2 ms!

– Raio ok, fator 3 freqüência 5 tempo 0,2 ms... aguardando – coteja Sweet.

– Ao meu sinal, acionar o retrocontador... agora!

Ao sinal de Jackie, a médica aciona o aparelho de raios que já estava acoplado ao microscópio. No visor aparecem as duas amostras sendo bombardeadas simultaneamente.

– Veja, Sweet, as moléculas autodestruindo-se!

– É mesmo! Como você tinha dito, essa freqüência está causando um caos na colônia. Deu certo, mas...

– Mas... o quê? – pergunta Jackie.

– Como vamos agir no caso de Ina e W?

– Oh, minha cara, tiramos uma amostra de sangue de cada um; separamos o plasma; disparamos o L.A.S.E.R. e depois, o reinoculamos neles – sorri Jackie.

– Incrivelmente simples, como todas as ações de gênio!... – diz Sweet impressionada.
– Então, mãos à obra, darling!

Sweet retira, através de um microduto, 200 CC de sangue de W enquanto Jackie procede da mesma forma com Ina.

O sangue é, então, colocado, separadamente, em um centrifugador onde os respectivos componentes são separados mecanicamente.

De posse do material, Jackie os coloca num compartimento do emissor de raios para a esterilização dos agentes mortais.

– Sweet, ao meu sinal...
– Aguardando...
– Agora, acionar L.A.S.E.R!...

Em uma imperceptível fração de segundos, o raio cumpre sua parte, atingindo as duas ampolas de plasma dos dois pacientes. Jackie apressa-se em dar continuidade ao processo.

– Sweet, cuidado, agora; reinjete isso em W. Farei o mesmo em Ina.
– Na veia do braço?
– Não, na carótida. Assim o cérebro reagirá mais rapidamente e comandará o contra-ataque de imediato.
– Entendi. Aplicando 200 CC em W... agora.
– Ina, isso vai doer só um pouquinho... aplicando... agora... – as mãos de Jackie e de Sweet agem com precisão incrível.

Jackie e Sweet inoculam, com extrema habilidade, aquilo que poderia ser a única esperança de vida dos dois amigos que estão em suas mãos.

Cruzam os dedos e aguardam.

Depois, terão de proceder a um novo exame de sangue e de secreção lacrimal para conferir os resultados.

Os minutos passam. O intercom quebra o silêncio do laboratório. É Cherry.

– Dra. Sweet, Dra. Jackie, o que está acontecendo aí no laboratório? Como está W?

Imaginando, obviamente, que Cherry não sabia o que estava acontecendo lá dentro, Jackie assume o seu intercom e tenta tranqüilizar:

– Cherry, avise ao comandante que estamos em fase de testes e aguardando a recuperação dele. Ina também foi infectada. Parece que... espere...
– O que foi, Jackie?... Responda!... O que houve com Ina? E vocês? Estão bem? O que está havendo aí?

A preocupação de Cherry chama a atenção de Eddie que estava atento, também, aos outros dois que se transportaram para Ganimedes.

– O que foi, Cherry? Algo errado no laboratório?
– Não sei, Jackie falava de testes com W e Ina e depois interrompeu...

Eddie assume o intercom:

– Jackie, Sweet, aqui é Eddie, respondam, por favor! – o comandante da nave está tenso.

Sweet responde:

– Capitão, estou determinando o término do lacre dos decks 5 e 7. O senhor pode vir até aqui? Aconteceu uma coisa...

Eddie não pensa duas vezes.

– A caminho! Cherry, venha comigo. Diga para Frank e Moon não voltarem ainda para Alpha VI. Devem aguardar o pronto de Sweet e Jackie! Não sabemos o que está acontecendo por lá – Eddie corre para o laboratório acompanhado da oficial de comunicações.

O turboelevador desce, veloz, os inúmeros andares da nave conduzindo os dois até o nível dos imensos corredores que dão acesso ao laboratório.

Após breve corrida, defrontam-se com a pesada porta de acesso à parte interna. Os decks 5 e 7, adjacentes ao laboratório estavam lacrados por determinação de Sweet. O comando de abertura só poderia ser feito por quem estivesse lá dentro. Sweet abre os decks 5 e 7.

– Jackie, Sweet, Ina?... É Eddie. Podem abrir a porta?
– Porta do deck 6 aberta! Pode entrar, Capitão – diz Sweet.
– Sweet?... Jackie?... Vocês estão bem?
– Estamos bem, senhor! – responde Sweet.
– E quanto a W?... Ina?... – Eddie pergunta quase sem fôlego.
– Veja por si mesmo, Capitão!

Eddie observou W sentado em seu leito ao lado do de Ina. Estava com aspecto meio tonto. O comandante tenta dirigir-lhe a palavra.

– W?... Tudo bem? Ina, e você?... – Eddie aproxima-se, meio cauteloso.

Finalmente, W consegue sair do transe e fala com seu comandante.

- Olá chefe, estou com a cabeça ainda nas nuvens, mas estou bem. Melhorando. Não sei com relação a Ina... balbucia o piloto.
- Capitão!... Que bom vê-lo! – Ina já está bem melhor – diz Sweet.
- Puxa, você nos deu um susto... pensei que teria de assumir aquele leme – desabafa Cherry – Sweet, Jackie, posso tocá-los? Gostaria de lhes dar um abraço – solicita ansiosa.
- Claro – diz Jackie – eles estão novinhos em folha. Capitão?...
- Sim, Jackie?
- Sweet não tinha prometido um piloto completamente novo?
- Foi.
- Pois aí está ele e uma enfermeira também. Aliás, uma heroína. Salvou a vida de Sweet por frações de segundo – diz Jackie com um sorriso, mas aparentando um pouco de cansaço.
- Eu não conseguiria esta vitória se não fosse por Jackie. Sua experiência na Estação 9 foi crucial – completa Sweet bastante extenuada e ainda sentindo dores pelo corpo.

Cherry, extremamente observadora, percorre com os olhos os instrumentos e os monitores. Imagina, de imediato, a batalha recém-travada naquela pequena arena. Após uma rápida consulta nos terminais de T.I.O., vira-se para Eddie:

- Capitão, pelo que T.I.O. me disse, essas duas conseguiram bem mais do que salvar W e Ina.
- O que quer dizer? – pergunta Eddie.

– O que quero dizer é bem simples: estamos diante de dois fenômenos da medicina e da microbiologia. Estes fenômenos chamam-se Dra. Sweet e Dra. Jackie. Elas conseguiram decifrar o código do vírus, fazendo-o voltar-se contra si próprio. A história parece quase idêntica à batalha travada na Estação 9. Só que aqui surgiram fatores insólitos [1].

Eddie estava maravilhado. Após abraçar W e Ina, dirigiu-se para as duas médicas, olhando bem em seus olhos negros e, ainda, demonstrando a tensão vivida naqueles instantes derradeiros.

– Dra. Sweet... Dra. Jackie... – Eddie tem a voz embargada.
– Senhor?... – diz Sweet.
– Eu quero que vocês saibam que é uma honra para um comandante de nave estelar, não uma nave estelar qualquer, estou falando da minha nave, a Alpha VI, repito, é um privilégio tê-las sob o meu comando. Que Deus nos abençoe por estarem aqui conosco. Sweet?
– Sim?
– Obrigado por ter cumprido a promessa. Jackie?
– Capitão?
– Você é grande! Cherry?...
– Sim, Capitão?
– Fique aqui com os quatro enquanto vou à ponte checar a situação de Frank e de Moon.

Eddie encaminha-se ao Comando.

[1] *Incomuns*

Tensão na Ganimedes 5

Ao chegar à ponte, Eddie chama por seus dois comandados:

– Ganimedes, Ganimedes, aqui Alpha VI, respondam. Frank, Moon, respondam!
– Capitão, aqui é Frank! Temos um possível sobrevivente. Mande um traje B pelo teleporte. Tentaremos retardar a ação dessa estranha radiação.

Eddie remete o traje através da sala de transporte.

O imediato, plenamente restabelecido, adentra à ponte.

– Capitão! Permissão para voltar ao meu posto!
– W! Que bom! Você está ok? – sorri Eddie ao ver seu amigo bem disposto.
– Estou ótimo! Aquela nissei e a pitanguinha são incríveis. Não sei como, mas um dia vou poder agradecer-lhes pela minha vida.

W, distraído, não tinha reparado que alguém o seguira.

- Olha o respeito, menino, da próxima vez a injeção será em outro lugar bem mais dolorido... – sussurra, sorrateiramente, por trás, Jackie, acompanhada de Sweet..
- E quanto a agradecer-nos, não se preocupe com isso. O melhor agradecimento que um médico poderia receber, é ver seus pacientes bem de saúde. Você foi muito valente – diz Jackie, piscando um olho.

W emociona-se e reassume o leme. Eddie volta-se para as duas médicas:

- Jackie! Sweet! Vocês estão bem? Cherry?... – Eddie cobra os cuidados recomendados lá no laboratório.
- Elas estão ótimas, Capitão. Não quiseram nada com convalescência. Insistiram para virem ao Comando a fim de acompanharem de perto Frank e Moon. O jeito foi atendê-las. Ordens médicas...
- Ahh, entendi... ordens médicas, não é? Ok, vocês venceram... Jackie?...
- Sim?
- Veja na tela aquela nuvem verde em volta da Ganimedes. O que acha?
- Não sei. Deixe-me falar com Frank e Moon. Frank?... Moon?... Respondam, aqui é Jackie.
- Jackie, aqui é Moon. Estou acabando de receber um traje B e o estou colocando em um dos possíveis sobreviventes. O traje conseguiu deter a radiação. Espero que pelo menos retarde o processo em Danson. Acho que é o nome do piloto da Ganimedes 5.
- Entendi. Vamos transportar todos para o deck 7. Está lacrado e podemos examinar cada um deles

com segurança. Danson vai direto para o laboratório – determina Jackie.

– Ok, pessoal, daqui para frente esta operação salvamento fica sob supervisão de Jackie e Sweet. Atenção toda a nave, aqui fala o Comandante! Estamos em alerta vermelho! Permaneçam em seus postos e só retirem o traje B mediante ordens expressas minhas, da Dra. Sweet ou da Dra. Jackie!

Enquanto Frank e Moon providenciavam o transporte da tripulação da Ganimedes 5 para Alpha VI, sob os olhares atentos do pessoal na ponte de Comando, Cherry capta alguma coisa nos sensores.

– Capitão, captei um sinal!
– De que natureza?
– Não sei ainda. Padrão desconhecido.
– Origem?
– Issa 7. Do centro da nuvem.
– O que há no centro?
– Estou recebendo dados do T.I.O... há algo lá e não é planeta. É menor.
– T.I.O., especifique!
– ...estou captando massa orgânica emitindo radiação fotônica a pulsos com intervalos de 12 segundos... – responde a grande máquina.
– Há possibilidade de estarem sendo produzidos por alguma espécie de inteligência?
– ...existe essa possibilidade...
– A que distância estamos, W?
– 200.000 quilômetros. Cherry, confere?
– Afirmativo – confirma a oficial.
– Ok. Frank?... Moon?... Respondam.

O engenheiro e a oficial de ciências ainda se encontravam na pequena nave onde já haviam concluído os trabalhos de transporte.

– Capitão, eu e Moon já estamos em condições de retornar à Alpha VI.
– Muito bem, podem retornar. Bom trabalho.

Frank e Moon retornam à nave.

– Moon, apresente-se à ponte. Frank, estabeleça Alpha VI em velocidade de impulso.
– Mister W, vamos até lá conhecer o nosso ilustre desconhecido... velocidade dois terços... acionar!

A nave põe-se em direção à grande nebulosa. Na ponte, Eddie, Moon, W e Cherry se preparam para o inusitado.

No laboratório, com a situação sob total controle, Jackie consegue salvar Danson e os membros da tripulação da Ganimedes. Os sintomas eram idênticos aos de W e Ina, portanto, foi bem rápida a recuperação de todo o pessoal.

A Alpha VI aproxima-se e os estranhos sinais são captados com mais intensidade pelos sensores.

– Capitão, o sinal desapareceu! – diz Cherry.
– Desapareceu? Como?
– Não sei, simplesmente sumiu.
– ... objeto aproximando-se de Alpha VI... objeto aproximando-se de Alpha VI... – alerta, sistematicamente, a grande máquina.

Cherry registra um contato no radar de bordo. W confirma nos seus sensores.

– Capitão, alguma coisa está vindo em nossa direção!
– O que é?
– Parece uma espécie de sonda – diz Cherry.
– T.I.O., analisar objeto! – Diz Eddie.
– ...objeto de natureza desconhecida... tripulado...
– Tripulado? Cherry, freqüência de saudação!
– Freqüência aberta, senhor!

Eddie tenta uma comunicação com uma possível forma de vida alienígena.

– Aqui fala o capitão Eddie da nave estelar Alpha VI, está me ouvindo?
– Capitão, o objeto está diminuindo a velocidade... está parando... parou.
– Cherry, sondagem de formas de vida! – diz Eddie.
– Sinal de forma de vida...
– Humanóide? – pergunta Eddie.
– Alienígena! T.I.O. acaba de fazer uma varredura do interior da sonda. Está transferindo os dados gráficos para a tela... agora!

O Alienígena

Então, T.I.O., a grande máquina, através de alguns comandos de Cherry, faz uma varredura do interior da nave alienígena, conseguindo importar e reproduzir, com incrível perfeição, uma imagem tridimensional que todos passam a analisar na tela.

– Capitão, eu já vi essa coisa! – diz W com grande espanto.
– Já viu? Como assim?
– Lembra-se de quando estava desacordado?
– Jamais nos esqueceremos – diz Moon.

W fica estático diante do visor da nave.

– Capitão, por favor, diga a Jackie e Sweet para virem aqui. Elas sabem do que estou falando – diz W fascinado com o que vê na tela.
– Sweet?... Jackie?... Aqui é o Capitão. W pede a presença de vocês na ponte com urgência.
– Aqui fala Sweet. Eu e Jackie estamos a caminho.

Ao chegarem no Comando, presenciam W olhando para a tela com a figura do alienígena. Sweet lembra-se, então, de quando tinha conectado os eletrodos no piloto. Chama Ina pelo intercom.

- Ina?
- Sim, doutora? – responde a enfermeira.
- Traga os plugs a-1 e a-2, depressa! – pede Sweet – Cherry, querida?
- Sim?
- Ative os canais para conexão ao T.I.O. assim que Ina chegar com os eletrodos, ok? – Jackie ajude-me a manter W próximo do painel.
- Pois, não – responde Jackie.
- Aqui estão! – diz Ina adentrando ao Comando.

Sweet coloca rapidamente os terminais em W enquanto Cherry sincroniza as duas freqüências.

A idéia é que o imediato passe para o computador os dados retidos em sua memória por ocasião do seu transe no qual esteve possuído por uma inteligência alienígena.

Parecia lógico tratar-se da mesma coisa.

- Muito bem, T.I.O. estou passando as ondas cerebrais de W... agora!
- W, concentre-se em tudo o que aconteceu com você desde que foi atingido na ponte de Comando até o laboratório – diz-lhe Sweet ao ouvido.

Num dos monitores do T.I.O. começam a aparecer os primeiros caracteres. Parecem uma descrição do que poderia ser a criatura inteligente:

Uma criatura alienígena capaz de assumir outras formas biológicas, assimilando toda a personalidade e instintos, além de acrescentar características como maior força física e maldade. É capaz, também, de fazê-lo através de qualquer pedaço de seu corpo que esteja destacado e entre em contato com outros S.V. [1] com esse intuito. Estes pedaços, incorporados, podem fazer a simbiose sobreviver por centenas de anos, como a criatura original.

Bípedes com dois membros superiores, dois metros de altura e musculatura deltóide-trapezoidal incrivelmente desenvolvida. A pele é constituída de centenas de placas intercaladas por pontos ósseos, ambos sendo capazes de salientarem-se e retrairem-se voluntariamente. A textura externa, lisa, é de cor metálico-cinzenta escura e fosca. Possui garras de cinco dedos, olhos sem pupilas ou íris, que emitem luminescência similar à fluorescente e de cor esverdeada. A cabeça é humanóide, porém lembrando capacetes arredondados que estreitam-se para baixo na direção do queixo. Pés com garras e cinco artelhos. Possuem voz gutural em suas formas originais. O sangue é de aparência translúcida e de consistência metaviscosa [2], anatomicamente comparável, até certo ponto, à secreção única do xenomorfo [3] encontrado em LV-423, ainda não exterminado.

Após a transferência de dados da memória de W para T.I.O., Cherry desliga a tela e desfaz a conexão, enquanto Sweet retira os eletrodos. Todos na ponte estão sem voz até que alguém traz todos de volta à realidade.

– Meu Deus, W como você conseguiu tudo isso? – pergunta Moon.

W retorna do transe.

[1] *Seres Vivos*
[2] *Viscosa e instável*
[3] *Ser de forma alienígena*

– Ele estava se tornando parte de mim quando Sweet e Jackie interromperam o processo – responde o piloto – acho que essa pseudo [1] simbiose deu-me a chance de conhecer melhor a criatura.
– Muito bem, Moon, Sweet, Jackie, Cherry e W, estamos lidando com algo poderoso e maligno. Será que existem outros? Este está aí fora, parado, só na espreita. O que será que pretende? – Eddie necessita de respostas.
– Capitão...
– W?...

W levanta a cabeça, repentinamente, como se algo lhe chamasse a atenção. Moon e os outros viram-se para ele.

– Estou pressentindo alguma coisa... – murmura W.
– O que é? – pergunta Eddie.
– A criatura! Está aqui, na nave!
– Atenção, todos aos seus postos! Equipe de segurança para a sala de transporte! – ordena Eddie – W, Moon venham comigo! Cherry, assuma o comando! Sweet fique na ponte! Jackie, venha também. Ajustar multiphasers [2] em zero absoluto [3]. Quero a criatura viva!

[1] *Falsa, quase*
[2] *Armamento de porte com múltiplas funções*
[3] *– 273o. C, temperatura na qual não há interação molecular*

A nave é invadida

A criatura conseguiu, de alguma forma, transportar-se para Alpha VI.

Cherry, que estava no controle, mantinha o comandante informado de todos os passos do ser que era rastreado através dos sensores de movimento espalhados em todos os níveis:

- Capitão, estou registrando uma materialização não autorizada no nível 2.
- Atenção, pessoal de segurança, dirijam-se para o níveis 1 e 3. Tenham cuidado! Não sabemos com quem ou que estamos lidando – ordena Eddie.

A criatura toma forma.

É rápida e violenta.

Um dos elementos da turma de segurança é pego de surpresa. Nem teve tempo de disparar seu armamento. É a primeira vítima.

Toma a direção do nível 3.

W e Eddie estão no nível 5. Moon permanece no 6 com um grupo de segurança.

Cherry, atenta, avisa:

– Danson! Atenção nível 4! A coisa está se dirigindo para vocês. Saiam já daí!

O alien consegue penetrar no nível 4 destruindo a escotilha de acesso. O nível está vazio. O aviso de Cherry veio a tempo. O pessoal juntou-se a Moon no 6, passando por Eddie. As luzes piscam uma vez. Duas vezes. Apagam-se por fim. Luzes de emergência transformam os corredores de Alpha VI em um ambiente lúgubre e fantasmagórico.

– Capitão, como está o senhor? – Moon pergunta através do intercomunicador pessoal.
– Até agora, tudo bem. Perdemos um dos homens. Nem teve tempo de defender-se. A criatura é muito veloz. Temos que ter extremo cuidado. Tentaremos encurralá-lo no deck 22.
– 22? É lá que está o sistema de calefação e controle de temperatura da nave – lembra W – é uma boa tentativa. Mas como vamos fazê-lo?

Um som gutural ecoa no corredor adjacente. Algo se aproxima. W sente um tremor repentino.

Eddie pára. Olha para o piloto.

O imediato fecha os olhos por uns instantes.

– Capitão...
– Fale.
– O alienígena...
– O que tem ele?
– Parou...

– Parou?
– Eu sei o que ele quer.
– Sabe? O que ele quer?
– A mim!
– Por quê?
– Por pensar que sei de um modo como destruí-lo.
– Como assim?
– A simbiose fez com que retivesse muito conhecimento ao seu respeito o que, obviamente, poderia comprometer sua segurança e sua espécie. E ele a quer de volta.
– De que maneira? – preocupa-se Eddie.
– Destruindo o antigo hospedeiro, matando-o – diz W.

O ser parece hesitar. Eddie avança junto com W. Estão a alguns metros do fim do corredor. Armas em punho. Pela primeira vez, o ser era visto frente a frente. A tênue iluminação do ambiente acentua os contornos quase irreais da criatura.

– Meu Deus, como é feio! – diz Eddie – atenção aos multiphasers!...
– Capitão, cuidado!

Eddie aponta a pistola para o alienígena. Dispara. O raio atinge em cheio. Os olhos do ser emitem uma luz verde brilhante. Um urro horrível ecoa por todo o deck. O ser desaparece na penumbra. Eddie ameaça perseguir o alienígena.

– Capitão, não! – grita W.
– O que foi? Não podemos perder a chance! – retruca o comandante.
– Lembrei-me de uma coisa... Jackie?
– Estou bem aqui atrás de você.

W pega Jackie pelo braço e, junto com Eddie tentam engendrar uma tática . O imediato tem uma teoria e pede a ajuda de Jackie.

– Acho que sei como acabar com a coisa – W diz para Jackie.
– O que tem em mente? – pergunta a microbióloga.
– Esse multiphaser poderia, de alguma forma, lançar a mesma substância que me foi inoculada no laboratório?
– Não sei. Moon? Onde você está? – Eddie chama pelo intercomunicador pessoal.
– Estou abaixo de vocês – responde a oficial de ciências.
– Venha ao 5, depressa!
– A caminho – Moon pega a primeira escotilha que está a sua frente e corre para aquele nível.

Cherry, em seu rastreamento, informa pelo áudio da nave:

– Capitão, a coisa dirige-se, agora, para os níveis superiores.
– Níveis superiores! Capitão, ela está indo para o laboratório! – pressente W.
– Laboratório... Ina está lá! – Eddie se desespera – Ina, Ina, saia já daí! O alien está indo...
– Capitão, espere, Ina poderá fazer algo se eu puder chegar junto. Cherry pode transportar-me para o laboratório. É só localizar meu sinal – sugere Jackie.
– Tudo bem, iremos eu, você e W. Cherry?
– Cherry na escuta, Capitão!
– Focalize nossos sinais e leve-nos para o laboratório. Ao meu sinal... acionar!

Cherry, do seu painel de controle, desmaterializa os companheiros e os lança direto ao laboratório onde, há algumas horas, ocorrera uma terrível batalha. Esta parece não ter chegado, ainda, ao seu fim.

Já no laboratório, Ina presencia, aliviada, a reconstituição holográfica dos três ao mesmo tempo em que a pesada porta, que dá acesso ao compartimento, sofre um baque fortíssimo.

Do lado de fora, a criatura ameaça romper a fortíssima blindagem que resiste às investidas poderosas do alienígena.

Uma arma contra o alienígena

Do lado de dentro, o tempo é fator preponderante. Jackie assume a frente das operações. Está em seu ambiente.

- Ina, traga-me as ampolas das amostras que foram usadas em você e em W – solicita Jackie.
- Aqui estão.
- W, dê-me sua arma – diz Moon – acho que posso reconfigurar o conversor de emissão de raios do multiphaser e transformá-lo em uma pistola lançadora da substância com precisão.

Jackie manipula as amostras com rapidez.

A pesada porta blindada já apresenta sinais de fraqueza e parece prestes a ceder.

Eddie cruza os dedos. A situação está nas mãos de Jackie e Moon. A porta perde um dos pinos de Titânio que a sustentam.

– Depressa! – diz Eddie – essa porta não vai agüentar por mais tempo!

Moon reconfigura o armamento enquanto Jackie manipula a substância com o antivírus.

Funcionaria com a criatura?

O tempo era um fator terrivelmente preocupante.

– Mais esta conexão... pronto! O multiphaser está em condições de ser testado – diz Moon.

A porta se rompe.

A criatura penetra na sala envolta na luz avermelhada de emergência. Volta-se para W, mas muda, instintivamente, de direção.

Avança para Moon. O asqueroso alienígena já percebeu que a única ameaça está nas mãos da oficial de ciências.

Moon recua. Suas mãos estão firmes. Empunha a arma na direção do ser.

Subitamente, o alienígena salta para Moon. Jackie grita:

– Moon! Nos olhos! Acerte nos olhos!

O dedo indicador de Moon aciona o gatilho ao mesmo tempo em que eleva o tubo de raios na direção dos olhos da criatura.

O raio atinge o alvo em cheio ainda em pleno ar.

A criatura passa por Moon, que se agacha, evitando as afiadas garras que ainda tentaram tocá-la, em vão.

A criatura se contorce e, num rugido terrível, prostra-se imóvel. Moon aproxima-se cautelosamente.

– Moon... cuidado... – murmura Jackie, temerosa por sua amiga.
– Jackie, venha até aqui. Veja uma coisa – diz Moon.

Jackie se aproxima e depois de checar que Moon estava bem e a criatura imóvel e aparentemente morta, dirige-se aos outros dois:

– Capitão, W, venham ver! Notem que a fluorescência dos olhos está desaparecendo à semelhança do que aconteceu com você, W. Está acabado. Pegamos o maldito!

Ouve-se a voz de Cherry no áudio da nave. Sweet está ao lado dela:

– Capitão? O que está acontecendo aí? E a criatura?
– Destruída! – responde Eddie.
– Por quem? – pergunta Cherry.
– Moon a atingiu com uma carga do antivírus criado por Jackie.
– Moon? Uau! – Cherry vibra junto com Sweet.
– O que vamos fazer com o alienígena, Capitão? – pergunta Jackie, já com a solução na mente.
– Ponha-o na sala de transporte e lance no espaço profundo. Dispersão molecular máxima – responde Eddie.
– Foi o que pensei... – suspira aliviada a doutora.

Eddie determina a toda a nave que retorne à rotina normal.

Marca uma reunião de oficiais na sala de reunião do Comando.

A crise terminara.

O perigo iminente passou.

O reconhecimento

Na sala, o comandante de Alpha VI assume a palavra.

– Recebemos uma missão de interceptar a origem da fonte, descobrir, identificar e analisar a consistência dos fatores causadores do surto na Estação 17, para controlá-los e finalmente, eliminá-los. Acho que cumprimos a missão.

É prerrogativa do comandante de uma nave estelar conceder, por merecimento, prêmios, honrarias e medalhas aos que estão sob seu comando no cumprimento de uma missão. E para agraciar, pessoalmente, com a estrela prateada, o comandante de Alpha VI dirige-se à frente de seus oficiais:

– Ten Moon!
– Ten W!
– Ten Cherry!
– Ten Frank!

- Ten Sweet!
- Ten Jackie!
- Enfermeira Ina!
- Estou autorizando os meus oficiais a estenderem as referências elogiosas aos seus subordinados diretos, que são merecedores.

O comandante de uma nave estelar também é humano. Eddie não é muito diferente. Apesar de toda a sua altivez, temeridade e seriedade, não consegue esconder seu orgulho. Dirige-se, então, a cada um dos seus subordinados. Primeiro, Cherry:

- Tenente, você foi precisa e perfeita junto a T.I.O. Sem você e ele não daríamos um passo nesta nave imensa. Sua genialidade e perfeição só nos trazem segurança e confiança.

Frank:

- Meu engenheiro e amigo Frank, esta nave é o que é, graças ao conhecimento que possui com relação a ela. Tenho certeza que você a conhece melhor do que todos aqui. Mais do que os próprios engenheiros que a construíram.

O Imediato:

- Mr. W, meu fiel companheiro, depois de tudo pelo que passou, pelas terríveis experiências que experimentou, a única coisa boa que podia ter-lhe acontecido, era estar em boas mãos. Acho que você esteve nas melhores. Pensei por algum tempo que iria ficar sem meu piloto. É bom tê-lo de volta.

Eddie pede para Ina entrar na sala. A enfermeira dá alguns passos e solicita, respeitosamente, autorização para permanecer no recinto.

Sweet, que a olha com um sorriso, é chamada para colocar-lhe, no peito, a Medalha de Honra da Federação da Frota Estelar por bravura:

– Após essa merecida agraciação, só nos resta aguardar para que seja logo promovida ao posto de Oficial médica. Você deve estar no último período e sua formatura deverá ser neste fim de ano, correto?
– Sim senhor, mas... – a enfermeira mostra-se um pouco preocupada.
– Sim, Ina? – diz Eddie.
– Capitão, se eu for promovida terei que ser transferida para longe de Alpha VI. Gostaria que o senhor impedisse isso de acontecer. Esta é minha casa. A Dra. Sweet ensinou-me, praticamente, tudo o que sei. No posto de oficial, terei que chefiar outro laboratório em outra nave ou na Federação. Posso muito bem, como médica, continuar prestando meus serviços em Apha VI, como adjunta da Dra. Sweet. É o meu pedido.
– Dra. Sweet, o que acha? Será que eu vou agüentar vocês duas? – Eddie olha, com um sorriso no canto da boca, para a médica de bordo.
– Acho que seria muito bom. Dessa maneira eu vou poder curtir de perto minha salvadora. Se ela for embora, quem é que vai me salvar de um outro desses monstros alienígenas? – Sweet descontrai.

Todos parecem concordar com Sweet.

– Ok, Dra. Ina, pedido aceito por unanimidade.

A enfermeira recém-promovida não se contêm de tanta alegria e quase quebra a sobriedade da solenidade.

- Obaa!... Oops, desculpe, senhor, pela minha irreverência. Acho que este é o dia mais feliz de minha vida – suspira Ina – as lágrimas a traem.

A médica de bordo:

- Dra. Sweet, acabei de receber um comunicado da Federação e da Academia de Medicina da Federação. Querem você na presidência da comissão de testes do novos cadetes.

A Academia de Medicina da Federação conseguiu monitorar toda a performance de Sweet durante sua missão em Alpha VI e a consideraram a melhor opção para aquela comissão. A única coisa que eles precisam saber e, ainda não sabem, é a menção recebida. As menções são B, M ou A (baixa, média e alta performance).

A avaliação é feita por T.I.O. e homologada pelo comandante da nave estelar, no caso, Eddie.

O comandante da Academia está na tela, na ponte, e deseja saber o resultado.

Sweet fica paralisada.

Cherry desaparecera da sala.

Eddie checa no computador de bordo:

- T.I.O., qual foi a menção recebida pela Dra. Sweet? – inquire o comandante à grande máquina.
- ...fzz... – resmunga o computador de bordo.
- O que está havendo com essa máquina? Cadê a Cherry? – Eddie preocupa-se, pois a resposta está sendo aguardada na Federação.
- ...fzz... a menção da Dra. Sweet em sua missão em Alpha VI... por não ter consultado seu comandante

ao colocar equipamento não autorizado em forma de vida altamente necessária à Alpha VI, causando sérios embaraços durante o transcorrer da missão, é M... fzz...

– M? Mas que história é essa de M? A Dra. é uma heroína... Cherry?...

A pequenina oriental retorna à sala com um sorriso malicioso. Todos olham para ela. Eddie está completamente confuso. Ninguém entende nada. Nem Sweet.

– Cherry, onde você se meteu? Estamos todos preocupados com a sorte de Sweet e você desaparece. Você sabe qual foi a menção que ela recebeu de T.I.O.?
– Sei.
– Como é que é? – Eddie olha para Cherry com cara de poucos amigos.
– Sei... senhor!
– Não é isso. Não estou preocupado com educação militar agora. Quero saber que história é essa de menção M. E que que negócio é esse de forma de vida altamente necessária e equipamento não autorizado?
– Bem... – Cherry, aparentemente embaraçada, explica – a forma de vida era W e o equipamento eram os plugs eletrodos a-1 e a-2 que Sweet inventou quando W teve sua primeira atividade extra-sensorial.
– Hum... entendi... e a menção?... Cherry?...
– Eu e T.I.O. demos um jeitinho de reduzi-la... – Cherry desabafa – se Sweet levasse a menção máxima, a essa hora estaríamos sem ela; a Academia estaria com a melhor das melhores; W triste pelos cantos da nave; os pacientes saudosos e inconformados; eu, sem minha querida amiga e, finalmente, a pró-

pria Sweet que acabaria definhando dentro de uma Academia cheia de burocracia. Acabaria morrendo de tédio. Simples...

- Deus Todo-Poderoso! Isso é um complô! Até uma máquina conspirando contra o comandante!

Eddie levanta-se; volta as costas; dá alguns passos; cruza os braços; franze a testa e volta-se para seus tenentes:

- Tudo bem, vocês venceram! Agora, dona Cherry, passe a tela para esta sala e nós todos iremos responder à Federação.
- Sim, senhor! – todos sorriem.

Na tela, o comandante da Academia de Medicina aguarda a comunicação oficial da menção. Num pequeno monitor, ajustado por Cherry, a informação é transmitida à Federação.

Após tomar conhecimento, aquele Alto Comando responde:

- Muito bem, espero que essa menina melhore mais o seu desempenho como profissional, pois uma nave estelar não precisa de médicos de nível acadêmico. A menção M pode muito bem subsistir sem problemas. Quando a menção alcançar grau máximo tornaremos a nos ver. Boa sorte!

Todos ficam esperando que a imagem do comandante se vá. W é o primeiro:

- Cherry, eu te amo! Você não deixou que eles a levassem! – diz o piloto eufórico.
- Como iríamos viver sem você? – Jackie sorri para sua parceira.

Sweet, quase sem respirar, tenta, inutilmente, conter as lágrimas que lhe descem pela face.

– Vocês são terríveis. Cherry, minha irmãzinha; você, mesmo tão pequenina, como é que consegue abrigar aí dentro do seu peito este seu imenso coração...

A emoção vai, aos poucos, tomando conta de todos. Eddie prossegue:

A Oficial de Ciências:

– Você se apresentou nesta nave há dois dias e nem sequer lembrou-se de que havia um comandante a bordo. Foi direto falar com Frank.

Os oficiais se calam e arregalam os olhos para Eddie. O comandante era famoso por não deixar passar nenhum deslize por parte de seus subordinados, principalmente, oficiais.

Moon fica lívida. Seus olhos negros brilham intensamente fixos em seu comandante. Eddie continua.

– Pois bem, de agora em diante, quando vier a bordo, avise-me, pois irei buscá-la, pessoalmente, assim, nenhum outro oficial irá roubar-me a oportunidade de cumprimentá-la primeiro.
– Pensei que estivesse zangado comigo, senhor – suspira Moon.
– Zangado? Todos aqui nesta nave devem muito a você e seu traje B. Os seus conhecimentos salvaram muitas vidas hoje. Em nome de todos os integrantes da Alpha VI, agradecemos o privilégio de tê-la conosco. Que bom que você é nossa!

Moon, ouvindo tudo aquilo, dirige-se aos seus amigos que a observam admirados.

– Esta é uma vitória de todos. Eu apenas fui um instrumento dessa união. Sou fruto dessa amizade que aprendi a cultivar junto a pessoas tão especiais como vocês. O culpado é o T.I.O...

A graciosa pitanguinha não ficara esquecida:

– Dra. Jackie, a Federação da Frota Estelar acaba de enviar uma mensagem. Cherry, na tela, por favor! – diz Eddie.

Mensagem da Frota Estelar. Os pulsos fotônicos desapareceram. A epidemia causada pela infeção virótica alienígena foi controlada pelo antivírus da Dra. Jackie. Todas as Estações da Frota estão livres do contágio. Todos os setores da Federação estão enviando mensagens de agradecimento. Milhões de vidas estão sendo recuperadas. Parabéns, Dra. Jackie. Parabéns Comandante Eddie e, parabéns Alpha VI, por ter em seus quadros, oficial tão brilhante. Gostaríamos de tê-la em nossos quadros aqui na Federação. Entendemos, no entanto, que essa decisão pode ser de natureza e escolha pessoal. Comando da Frota. Fim da mensagem.

Uma lágrima teimosa desce pelo rosto da microbióloga. Ela olha para seu Comandante. Olha para seus companheiros. Olha para Sweet.

– Capitão, eu gostaria de dizer que se não fosse a ajuda dessa médica maravilhosa e dessa enfermeira não menos incrível, eu não teria logrado êxito. Apesar de já ter criado o antivírus, este já não era mais o mesmo. Havia sofrido uma mutação. Foi Sweet que me ajudou a redescobrir o código genético do agente maligno. Foi um somatório de conhecimentos. Acho que formamos uma boa dupla, não acham? Quanto a pertencer aos quadros da Federação em terra, a minha posição é mais do que óbvia.

– E qual é, hem, hem? – Frank está ansioso e quer que ela mesma responda sem fazer mistério.

– Ora, é claro que eu pretendo ficar aqui. Se o comandante permitir e vocês também, a partir de agora, Alpha VI passa a ser o meu centro de trabalho. Daqui eu posso ajudar a toda a Federação sem deixar o convívio dos meus amigos.

Eddie assente junto a um sorriso unânime de toda a oficialidade.

– Aí tá certo! – diz Frank, radiante.

Uma surpresa para Cherry

Após a reunião, a tripulação se reúne no mirante de observação.

Cherry não estava presente.

- Ué, cadê a baixinha? – pergunta W.
- Deve estar na ponte de Comando dando uma traquejada no T.I.O. Ela não larga o velho – pragueja Frank.
- Ei, vamos até lá fazer uma surpresinha? – sugere Moon.
- Vamos lá – responde W, sempre a fim de uma agitação.
- É isso aí, vamos nessa! – Frank adiciona a sua cota de malícia.

Todos se dirigem à ponte. Moon usa um comando manual para abrir a porta a fim de não serem notados. A porta se abre e... ponte vazia.

- Ih, cadê a Cherry? – pergunta Eddie.

Quando menos se espera, uma imagem se forma bem à frente da turma.

Cherry está vestida a caráter: quimono, tamanquinho e tudo. Traz algo nas mãos.

- Cherry, você nos assustou. Nós é que devíamos assustá-la – resmunga Frank, meio sem graça.
- Moon, que horas são? – pergunta Cherry.
- Cinco.
- Está na hora do chá, lembra-se? Você me prometeu. Aqui estou eu cobrando.
- Mas... eu havia prometido... mas... e o ritual japonês? Você está toda vestida de quimono... e eu não sei nada do ritual do chá japonês – Moon está desconcertada.

Cherry sorri:

- Ah-há, disso eu já sabia. Mas não se preocupe, eu e T.I.O. tomamos algumas providências.
- Que providências? – Moon e os outros continuam sem nada entender.

Sem que ninguém suspeitasse, Cherry, gênio da Informática, havia programado e habilitado a grande máquina para a possibilidade de criar um *virtual environment*, um ambiente virtual no qual tudo era real e podia ser configurado à vontade do usuário.

Era o que estava faltando à Alpha VI para as horas de lazer.

Cherry conseguira.

A um comando de voz, ordena a T.I.O.:

- *Nihon ocha!*
- Ni... o quê? – Frank arregala os olhos.
- Chá japonês, Frank san! – Cherry sorri.

– Frank... san?... – Frank estranha o apelido.

Como por encanto, aparece no centro da sala, uma porção de apetrechos. Todos pertencem ao ritual do legítimo chá japonês. Verdadeira façanha que todos se maravilham.

– E então, Moon, gostou? Hoje é por minha conta. Só que todos terão que retirar as botas.
– Eu sabia... – retruca Frank.

Todos reunidos em volta do tapete de bambu, dão-se as mãos.
Agradecem pelo momento e pela amizade.
Cherry levanta-se por um instante.
Vira-se para um grande monitor e diz para T.I.O.:

– *Oji-sama arigato.*
– Sweet, o que é que ela disse pro T.I.O.? – pergunta Frank, curiosíssimo.

Sweet, que também fala japonês, responde a Frank.

– Ela está agradecendo ao T.I.O. num estilo japonês antigo e polido.
– Ah... entendi – conforma-se Frank.

E depois de uma reverência muito simpática, Cherry junta-se aos amigos para o chá.
De repente, no áudio:

– *...fzz... men have forgotten that truth but you should not forget: you become eternally responsible for that you captivate...fzz...*

Todos param e olham para o monitor. Mr. W traduz junto a Moon, Sweet e Cherry:

– ...os homens esqueceram essa verdade, mas tu não a deves esquecer: tu te tornas eternamente responsável por aquilo que cativas... [1]
– Tá bem, T.I.O., você venceu, batatas fritas! – brinca Frank.
– Já ouvi isso em algum lugar... – diz Eddie com seus botões.
– ...fzzz...
– Ah... tio...

A aventura continua...

[1] *Trecho de O Pequeno Príncipe de Antoine de Saint Exupéry*

Impressão e Acabamento:

Quick Printer
IMPRESSOS RÁPIDOS

SIA Trecho 3 Lote 1.760
Tel: (61) 362-0008 / Fax: (61) 233-3771/362-7476
e-mail: quick@gns.com.br